Kotaro no Hidariude

小太郎の左腕

和田 竜
Ryo Wada

小太郎の左腕

Kotaro no Hidariude

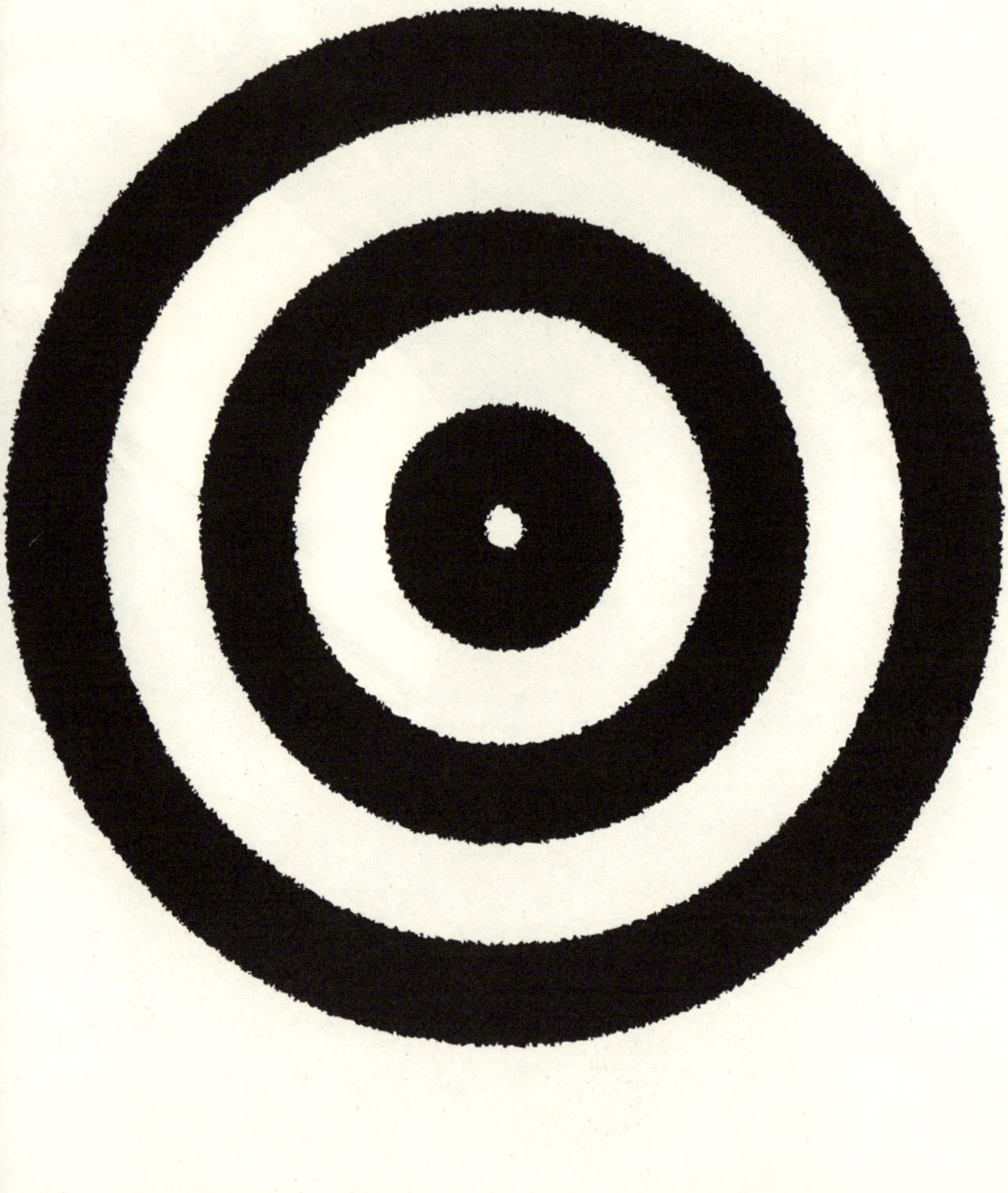

目次

装画　オノ・ナツメ
装幀　山田満明

㈠ 対決

1

奇妙な少年であった。

頭に柿の実を載せたまま、微笑《ほほえ》んでいる。

形《なり》も妙であった。

髪は伸びるに任せ、ほとんど腰にまで達しようとしている。それを結《ゆ》わきもしていないため、顔の半分は髪に隠れてしまっていた。

髪の間から覗《のぞ》く顔もまた変《へん》であった。

するどく尖《とが》った顎《あご》と、隆起した鼻は荒々しい本性を胸の内に蔵した男を思わせなくもなかったが、それとは正反対に、前髪ごしに垣間《かいま》見える切れ長の瞳《ひとみ》は、この少年の本来の歳《とし》である十一歳どころか、ほとんど幼児のそれを思わせた。その幼児の如き瞳が僅《わず》かに細められ、何か驚くような贈り物でも待つかのように生き生きと輝いていた。

少年の名を、
小太郎《こたろう》
といった。

名字があるだろう、などとは誰も思わない。

そこらの百姓と同じく、名もない猟師の子だろうと皆が思っていた。

銃声が響くなり、小太郎の頭に載っていた柿が消し飛んだ。と同時にこの少年のいる神社の境内にいた十数人の悪童どもが、わっと喚声を上げた。

「お見事、玄太《げんた》」

悪童たちはそう喝采《かっさい》を浴びせながら、種子島《たねがしま》で柿を撃ち抜いた玄太と呼ばれる少年の元に駆け寄った。

玄太は火縄銃の銃身を掃除しながら、満足げに微笑んでいる。背丈こそ並の子供だが、固太りしたその体格は、大人と言ってもよかった。これでも小太郎と同じ十一歳の少年である。

「さすがは玄太、鉄砲試合の一等じゃ」

玄太を囲む悪童の一人がそう喚《わめ》いた。

小太郎や玄太たちの住む、西国のこの一帯は、戸沢《とざわ》家が他の有力な国人領主たちを切り従え、領国と称していた。

この戸沢家の当主、戸沢利高《としたか》が愛してやまなかったのが火縄銃であった。子供が銃による狙撃《そげき》を好むのとちょうど同じように、これを愛した。その熱中ぶりは、火縄銃の技量向上を目的に、収穫後の秋に鉄砲試合を主催するほどである。鉄砲試合には武士と領民の区別なく参加が許されている。猟師の子である玄太は、大人も参加するこの鉄砲試合で前回、一等を獲得していたのだ。

「次じゃ」

玄太は、そう言って頑丈そうな顎を突き出した。顎の先には、悪童たちから取り残された小太郎が、二十間《けん》ほど離れてぽつんと立ちすくんでいる。

玄太の命《めい》が発せられると、新たな柿を持った悪童の一人が嬉々《きき》として小太郎の元にすっ飛んでいった。しかし、飛んでいった悪童は小太郎の顔を見るなり、ぎょっとせざるを得なかった。

小太郎は柿の実で汚れた顔を拭《ぬぐ》おうともせず、まだ微笑んでいたのだ。

「おい小太郎、怖いか」

悪童は、何か恐れにも似た気分を振り払うかのようにそう声を掛けた。次いで小太郎の頭に柿を載せようと爪先立《つまさき》ちになった。が、載せることはできない。恐れたわけではなかった。小太郎は六尺近くもある大男なのである。体軀《たいく》は細いが、小袖《こそで》の裾《すそ》から突き出た脛毛《すねげ》もない脚が筋張っていて、何やら力ありげで不気味である。

「そいつは阿呆《あほう》じゃからな。怖いなどということは分からんぞ」

そう玄太が大声を上げると、悪童たちは一斉に笑った。

——小太郎の阿呆、
と言えば、玄太の住む猟師村はおろか、付近の農村でも知らぬ者はいない。何をやっても怒らない。いつも阿呆のように微笑んでいる。このため、玄太たちは小太郎の微笑み以外の表情を無理にでも引き出そうと、鉄砲の的代わりにしていたのだ。

「小太郎」

次いで玄太は、わずかに残忍な表情を浮かべながら声を掛けた。

「もう十間ほど離れろ」

玄太の要求を耳にするなり悪童たちは哄笑《こうしょう》を止《や》め、顔色を変えた。すでに二十間離れているのである。三十間の距離など額を撃ち抜いてしまうかも知れないではないか。

が、小太郎は表情も変えずにうなずいた。悪童から柿を取り上げ頭に載せると、十間の距離をゆっくり後ろ歩みに歩いていった。

「そこで止まれ」

玄太が種子島を構えて狙《ねら》いを定めた途端、

「小太郎っ」

と大声が飛んだ。子供の声ではない。野太い、大人の、それも相当鍛えこんだ男が発する怒声である。

——いけねえ。

悪童どもを始め、玄太までもがとっさに顔を見合わせた。

小太郎が悪童たちに見せる、いま一つの表情があった。それが、この声が聞こえたときに見せる表情であった。小太郎は微笑みを収め、怯《おび》えたかのように顔を引きつらせた。

神社の石段を上がりきって姿を現したのは、小太郎の祖父であった。

名を要蔵《ようぞう》といった。

孫の小太郎とは異なり中背ではあったが、鉄砲猟で鍛えた足腰は、七十を過ぎても依然衰えを知らぬかのようであった。そんな老人が、小太郎と同じく伸ばすに任せた白髪と白髭《しらひげ》をなびかせながら、一直線に孫に向かって歩み寄ってくる。小太郎の正面に立つなり、力任せに平手打ちを喰《く》らわせた。

「じいの申したことを忘れたか」

勢いよく地面に倒れ込む孫に向かって、境内に響き渡るほどの大声で叫んだ。

小太郎は、顔を伏せたまま首を左右に振った。

「じいは何と申した」

「皆と遊ぶなって」

小太郎は、要蔵の顔を見ることなく、そう呟《つぶや》くように言った。

「約束とは守るためにあるものぞ」

要蔵はそう言ってうなずくと、今度は玄太に鋭い視線を向けた。

玄太は思わず肩を怒らせたが、恐れることはないのを知っている。

玄太の見るところ、要蔵は、悪童たちが小太郎をおもちゃにしているのに怒って、「遊ぶな」と言っているわけではない。これまでも何度かこんな光景を目《ま》の当りにしたが、この祖父が玄太たちに怒りの矛先《ほこさき》を向けてきたことは一度もなかった。そして、このときもそうであった。

「玄太、早う家に帰れ」

要蔵はそれだけ言うと、玄太に背を向け小太郎を引き起こしにかかった。

「何でじゃい」

肩を怒らせたままで叫ぶ玄太に、要蔵は背で言った。

「戦じゃ」

2

戦国期、弘治二年（一五五六年）の秋、小太郎たちがいた神社からふた山越えた辺りだから、戸沢家の領分である。黄金に輝く稲刈り前の田の畦道《あぜみち》を、百騎の騎馬軍団が土煙を上げながら激走していた。

先頭を切って馬を駆るのは、戸沢家の猛将、林半右衛門《はやしはんえもん》である。黒漆塗《くろうるしぬ》りの甲冑《かっちゅう》を身に纏《まと》い、兜《かぶと》にあしらった銀の半月の前立てが日の光を浴びている。その輝く様は、さながら金色の雲の上を流星が突き進むがごとき光景であった。

その猛将を、

「坊、坊」

と、まるで子供でも呼ばわるように遠慮のない声を浴びせてくる男がいる。

(野郎っ)

半右衛門は思わず嚇《か》っとなった。

無理もない。この男は「坊」どころか、六尺を超す身の丈に、丸太のような腕と脚を備えた大剛の士なのである。首太く、眉《まゆ》は昂《あ》がり、鼻高く、目を開けば爛《らん》と輝くその武者振りの良さは、他領の武者どもも、

——万夫不当《ばんぷふとう》の勇士

と、恐れるほどの男であった。

秀《ひい》でているのは武者振りだけではない。首三十を取って初めて可能な、「首供養」を三度も行ったことで、その武者振りの良さを実力をもって裏付けしてもいた。そんな男に坊とは何事か。

しかし半右衛門は、この「坊」と呼んでくる男に強く出ることができない。このため、思わず口をついて出てしまったのが、

「坊って呼ぶな」

という、身も蓋《ふた》もない文句である。

「これを見てくだされ」

坊と呼んだ男は、怒鳴る半右衛門を意にも介さず、疾駆する馬上で火縄銃を突き出した。

火縄銃を突き出した男を男と言っていいのかどうか。肉がすっかり落ちてしまっているのが鎧《よろい》ごしにも分かる。目ばかりをぎょろつかせたこの男は、六十を越した、当時としてはほとんど死にかけの老武者なのであった。林家譜代の家臣で、名を藤田三十郎《ふじたさんじゆうろう》といった。

(うるせえんだよ、じじい)

半右衛門は馬蹄《ばてい》の轟《とどろ》きの中で、内心舌を打った。馬首を並べて疾駆する三十郎が、これ見よがしに手綱《たづな》と火縄銃とを握っているのに、とうの昔に気付いている。

「物好きな。足軽の得物《えもの》じゃねえか」

半右衛門は太い首をぐいとねじ向け、そう怒鳴りつけた。それでも三十郎は怯《ひる》むことはない。

「何を仰《おお》せらる。泉州《せんしゆう》は堺《さかい》より取り寄せた左構えの種子島じゃぞ」

得意げに半右衛門の眼前でそれをちらつかせた。

(——左構え？)

半右衛門は、視線の端で揺らめく火縄銃を改めて一瞥《いちべつ》した。なるほど、火皿や火蓋、火挟みなど、火薬の爆発で弾丸を押し出すための機関部が、通常は銃を上から見て右側に付いているものが、逆に付いている。

(そういや、このじじい左利きだったな)

半右衛門は、三十郎の惨劇を思い返し、思わずほくそ笑んだ。

三十郎は、前回の鉄砲試合に通常の右構えの種子島で臨み、それを左構えで撃ったのだ。

火縄銃の弾丸が飛び出す仕組みは、

――引き金を引く。

――引き金を引いたことで、火挟みに挟んだ火縄が、火薬を盛った火皿に叩《たた》き付けられる。

――火皿の上の火薬に引火する。

――火薬の火が、銃筒内に通じる小さな孔《あな》を通して、銃筒の中の火薬に引火し、爆発が起こる。

――爆発によって弾が飛び出す。

といったものである。

これらの火挟みや、火皿といった機関部は普通、銃を上から見て右側にゴテゴテと付いている。このため、通常の火縄銃は、銃の左側に右の頬《ほお》を押し付けて、右手で引き金を引かざるを得ない。右利きであれば右手で引き金を引くのが通常の銃の撃ち方だ。

これを三十郎は左手でやった。

左手で引き金を引く場合、銃の右側に左の頬を密着させ、左目で狙いを付ける。すると、右利き用の火縄銃だと、火皿や火挟みなどの機関部が顔の正面にくることになる。火皿の火薬が爆発すれば、顔を火傷《やけど》すること確実である。

前回の鉄砲試合の際、三十郎は右手で引き金を引いても当らないのに業《ごう》を煮やし、勇敢にも右利き用の火縄銃を、左手で撃った。

結果、黒い顔の白髪じじいが誕生した。半右衛門はそれを見て、指差して笑ったものである。

「なにせ世にも珍しき左構えの種子島じゃからな。戸沢の御屋形《おやかた》様にも一丁献上し申したわ」

生き生きとした顔を向けてくる馬上の三十郎の鼻に、わずかな焦げ跡が残っている。半右衛門

はまたも鼻を膨らませてしまった。それでも厳しい顔を作りながら、

「御屋形様の種子島好きも困ったものじゃ。足軽はおろか騎乗《うまのり》の士までもが鉄砲試合、鉄砲試合とうるそうてかなわん」

と言ってみせた。

(——それにしても)

と、半右衛門が思うのは、泉州堺のことである。

この時期の堺は、一種の自由都市で、町人たちの自治によって運営されていた。それと同時に鉄砲製造における先進地域でもあった。諸説あるものの、鉄砲伝来の翌年には、堺では鉄砲の生産に成功したともされる。

この半右衛門の時代、鉄砲は伝来してからわずか十三年しか経《た》っていない。言わば新兵器であった。戦乱の絶えない戦国の世において、鉄砲製造に成功した諸大名がこの新兵器の流出を防ごうとする中、自由都市たる堺はこれを大いに製造販売し、日本はおろか海外にまで伝播《でんぱ》させた。ちなみに自由都市としての堺が滅びるのは、織田信長に堺が矢銭(軍資金)二万貫を上納し、その直轄都市となった永禄十二年(一五六九年)である。この半右衛門の時代から十三年後のことであった。

(そんな土地ゆえ、左構えの種子島などという珍奇な注文にも易々《やすやす》と応じるのだろうか)

半右衛門は前方に視線を戻しつつ思った。

(左構えの種子島など一万丁に一丁あるかどうか)

そんな半右衛門の黙考など、三十郎の念頭にあるはずがない。

「坊、坊。銃身を三重巻きにし、強いが上にも強うしておりますでな。倍は弾が飛びまするぞ」

などとうるさい。

「うるせえ」

黙考を破られた半右衛門は、またも怒鳴り上げた。

「槍《やり》を使え、槍を。だいたいな、おのれが坊、坊言いやがるから、在所の女子供までが俺を坊、坊と呼びやがんだぞ」

「慕われておる証拠じゃ」

三十郎に全く堪《こた》える様子はない。

「呼ぶなって言ってんだ」

「なんの、坊が生まれてよりお育て申したのは、この三十郎ぞ。齢《よわい》四十だろうが五十だろうが、坊は坊じゃ」

半右衛門が三十郎に強く出られない理由がこれであった。三十郎は、半右衛門の父・林備後守《びんごのかみ》から幼き半右衛門の養育係に任ぜられた男なのである。

三十郎は武士たる硬骨を買われて半右衛門の養育係に指名されたわけではない。むしろ武者としては人並みで、気の良さの方がずっと目立つ様な男であった。先代の備後守は長年林家に仕えた譜代の家臣をないがしろにするわけにもいかず、何かしらの役目を、と考えたのが、嫡子半右衛門の養育係であった。

しかし、半右衛門にとって三十郎は得がたい養父であった。三十郎が半右衛門を育成するに当って立てた方針は、唯一、「卑怯《ひきょう》な振る舞いをするな」というごく常識的なことだけである。その他は、いかなる失敗をしても半右衛門を叱《しか》らなかった。失敗の原因を探り当てては、むしろそれを褒め上げ、「それでこそ備後守様の御胤《おたね》」と、半右衛門が自らの才に疑問を持つ余地を残さなかった。

自信を持った者の働きには躊躇《ちゅうちょ》がない。元服した半右衛門は臆することなく初陣で槍を振るい、目立つ武功《ぶこう》を立てた。三十郎はそんな半右衛門を褒め上げ、さらに半右衛門は自らの才への自信を強固にして一層の武功を立て、それをさらに三十郎は口を極めて褒め、今となっては半右衛門は、他国にまで響いた武辺《ぶへん》者に成長していた。

無論、三十五歳の今となっては、半右衛門も三十郎に「乗せられた」ということに気付いている。だが幼いころから刷り込まれた武辺者の自負だけは、いまも胸の内で脈打ち続けていた。一方で、それは、無数の失敗を三十郎に目撃されていることの証《あかし》でもある。

そうしたわけで、三十郎に「坊は、いつまで経っても坊じゃ」と言われても、半右衛門は、

「けっ」

とそっぽを向く程度のことしかできない。

「ところで坊よ」

三十郎にとって、怫然《ふつぜん》とする半右衛門に声を掛けるなど屁《へ》のようなものだ。

「なんじゃ」

「この速さでは足軽どもが付いては来られぬぞ」

三十郎は後ろを振り向きながら言った。

半右衛門もすでに気付いていた。振り返ると全速力で疾駆する数百の足軽どもがどんどん小さ

くなっている。

「よい、足軽どもはゆるりと来させよ。戦で存分に力を出させるのだ。我が騎馬組のみで領分境に行く」

それを聞いた三十郎は目を剥《む》いて喚いた。

「図書殿《ずしよ》の先鋒《せんぽう》に追い付いてしまわれるぞ」

図書とは、戸沢家の当主、利高の甥《おい》である。子のない利高は、図書を猶子《ゆうし》としていた。このため、このまま利高に子が生まれなかった場合、図書に家督を継がせるであろうと、家中《かちゆう》の誰もが承知していた。

利高はこの戦には出ていない。家督を継ぐ図書に、実力をもって配下の国人領主どもを掌握させるつもりか、最強の軍団が任ずべき先鋒を図書に命じた以外は、戦の一切を図書に任せていた。

しかし、半右衛門は図書の武将としての力量を買ってはいない。

「足軽の組頭程度がお似合いの奴」

と軽侮さえしていた。

その図書が戦で最も大事な先鋒を命ぜられている。

「図書が先鋒など笑わせらあ」

激走する馬上で半右衛門が吠《ほ》えた。騎馬軍団百騎で図書率いる先鋒を出し抜き、全軍の先陣を切って敵に襲い掛かるつもりである。

やがて田が尽きると前方に長々と横たわる山の稜線《りようせん》が見えてきた。山が地を這《は》うほど低くなったところに切通しが切ってある。それを抜けると予定戦場の通称、擂鉢原《すりばちはら》に乱入できるはずだ。

「馬速を緩めるな」

半右衛門は後方に向かって叫ぶと、切通しに突入した。

日の差さない、暗い切通しを一気に駆け抜けた。切通しを抜けるなり、視界が瞬時にして光を帯びた。

「見えた」

播鉢原である。

ちょうど播鉢のように周囲を山で囲まれているため、いつからかそう呼ばれるようになった。

ほぼ円形の原の中央を三十間はあろうかという大河、太田川が貫いている。この河が、戸沢家の領分と、隣地にして敵対する児玉《こだま》家の領分との境界線を為《な》していた。

半右衛門が目を凝らすと、前方に図書率いる先鋒千五百が整然と進軍しているのが見えた。

(図書の野郎、進軍まですましてやがる)

半右衛門は、図書の取り澄ました顔を思い起こし眉間《みけん》に皺《しわ》を寄せた。次いで、急に馬を止めた。

「何をなさる」

三十郎も馬を急停止させながら大声で叫んだ。後続の騎馬武者たちも次々に馬を止めている。

「山中に分け入る」

半右衛門はぎらりと目を輝かせながら言った。

「迂回《うかい》して敵の側面を突くのだ」

「何を申される。図書殿が、坊は次鋒に収まり、後方を固めよと命ぜられたのを忘れたか」

「馬鹿らしい」

半右衛門は鼻を鳴らした。

「んなことやってられるかよ」

三十郎は大きくため息をつくと、「坊よ」と諭《さと》すような口調に変えた。

三十郎は、自らが育て上げた大剛の士の暴走を持て余すようになっている。今では、褒めるよりも説教する方が断然多くなっていた。

「坊は、家中で何と呼ばれておるか御存じか」

三十男の半右衛門が、今さら説教など聴くはずがない。図書らの党派が悪意を込めて呼ぶ、その異名を堂々と口にした。

「功名漁《こうみょうあさ》り、だろう」

——坊め、全然堪《こた》えとらんわ。

三十郎が褒め続けてきた弊害がこれであった。

半右衛門はいかなる戦場でも自分の力量に任せ、気の赴くまま強敵に当り、そして薙《な》ぎ倒した。

武功一辺倒の当時でも同時に敵を討ち果たしたりなどした場合、お互いに功を譲り合うなどの美談が存在するが、半右衛門にそんな発想は一片もない。ひたすら強敵に当り、これを突き伏せ、首級を挙げた。

下級の武士どもは、自らが強敵を討ち取るほどの力量がないだけに、

「半右衛門殿こそ、武者の鑑《かがみ》」

と熱狂をもってこの男を受け入れたが、上級の武士であればあるほど冷ややかな目で半右衛門を見た。その中心が図書を筆頭とする党派であった。

――坊も少しは政治《まつりごと》のことを考えたらどうなのじゃ。

さして政治に長《た》けてもいない三十郎が案ずるほど、半右衛門はそのことにかけては坊のままと言ってよかった。

「功名漁りだろう、ではござらん」

三十郎は説諭口調をさっさと止め、声を荒らげた。

「俺にとっては本望ってもんよ」

半右衛門は幼いころによく見せた不敵な笑みを向けた。

そこに先鋒から真っ赤な母衣《ほろ》をなびかせた騎馬武者が、猛烈な勢いで迫ってくるのが見えた。

三十郎は膨れっ面のまま半右衛門に伝えた。

「ほれ見たことか、図書殿が発した使番《つかいばん》じゃ。みっちり絞られるがよいわ」

使番は、半右衛門の目前で馬を荒々しく止めるなり、

「林殿へ我が主《しゅう》、戸沢図書よりの命《めい》を申し伝えまする」

「何じゃい」

半右衛門は怒鳴るように返した。

普通の男なら半右衛門の怒声に言葉も出なくなるところだが、使番は家中でも鳴った勇士が選ばれるのが普通である。この使番もそうだった。怯むことなく、

「林殿は速やかに後方に下がられ次鋒で備えを固められよ。そもそも侍大将が足軽の先頭に立つなど以《もっ》ての外《ほか》との仰せにござる」

「へっ」

半右衛門は露骨に笑った。

「図書殿に伝えな。矢弾《やだま》が恐ろしければ戦になど出るなってな。兵どもは先陣を切る俺が姿を見て奮い立つんだってな」

聞いた三十郎はいつものことながら呆然《ぼうぜん》となった。次の主と目《もく》される図書に対し、こんな暴言は何度目か。

使番も呆然としていたが、とっさに怒気を露《あら》わにするや、

「御言葉通り申し伝えますぞ」

馬首を巡らし先鋒へと駆け戻って行った。

使番の馬が上げる土煙を見ながら三十郎は我に返った。怒鳴り上げた。

「いつまで坊でいるつもりじゃ。迂回などなりませぬぞ」

こういうときの三十郎が、梃子《てこ》でも動かなくなるのを半右衛門は知っている。簡単に命さえ捨て、後続の騎馬武者どもを押し止《とど》めるであろう。

「へいへい」

半右衛門は口を尖らせそう言うと、前方を睨《にら》むように見つめた。図書率いる先鋒の働きぶりを、まずは見届けるつもりになっている。

「何じゃと」

前進を続ける先鋒に使番が追い付き、軍勢の中央にいた戸沢図書に復命するや、この当主の甥はそう怒気を露わにした。

「半右衛門の奴がそう申したのだな。わしを臆病者と申すか」

普段は垂れて人の好《よ》さそうに見える目を吊《つ》り上げて言った。これだけは変わらない小さめの黒目と、三十前の若さがもたらす木目《きめ》細やかな白い肌が、なにやら底意地悪げである。

「一騎駆けの武者ではないのだぞ。源平の合戦のころのつもりか、半右衛門の馬鹿は」

鞍《くら》の前輪《まえわ》を見つめて怒りに震える図書の元に、前方からいま一人の使番が馳《は》せ参じた。

「殿」

と血相を変えて叫びながら、先頭の方を指差している。

「ん」

図書が顔を上げるや、使番は驚くべき報をもたらした。

「敵の兵二千がすでに太田川を越え、我が領内に入っておりまする」

敵の児玉家の軍勢二千が、播鉢原の中央を貫く太田川を背にして、図書ら先鋒を待ち構えているのだという。

「何」

図書は思わず先頭の方へと馬を飛ばした。鐙《あぶみ》を踏ん張り、伸び上がって先頭の方を見渡すと、報告通り二千程度の敵兵が横に展開している。

「六十間の間合いで軍を止めよ」

図書は叫んだ。

戸沢家と児玉家の軍勢が六十間の距離を置いて対峙《たいじ》したころ、播鉢原の盆地を囲む山中の一角で、それを見物している者たちがいた。

両家の所領に住む百姓領民である。

戦国時代は血なまぐさい苛酷な一面も無論あるものの、他方ではこんなのどかなところもあった。合戦を一種の娯楽と心得、花見見物でもするように戦見物に出かけた。

その中に、神社から小太郎を引っ立ててきた要蔵もいた。他の者たちが戦直前の興奮の絶頂にいる中、この老人だけは、眉を顰《ひそ》めて苦い顔でいた。

「馬鹿者どもが、戦などやりおって」

吐き捨てるように言う要蔵を、長身の小太郎が怯《おび》えたように見下ろした。

半右衛門らが属する戸沢家が、周辺の国人領主を従えたのち、同じく台頭著しい児玉家に狙いを定めたのは二年も前のことである。

戸沢家が国人たちを従え、領地を膨らました結果、児玉家の所領と境を接するようになっていたのだ。成長期にある両家が開戦の運びとなるのは、当然の成り行きであった。そして、いま両家が初めて槍を合わせることとなったのである。兵力は児玉家の方が倍は勝っていた。

要蔵の眼下では、太田川を背にした児玉家の先鋒二千、それに対峙して図書率いる戸沢家の先鋒千五百、その後方に半右衛門率いる次鋒の八百が、播鉢原の半分を埋め尽くすように展開している。太田川を越えたもう一方の半分、児玉家側の領分には、一千程度の軍勢が配備されていた。河を渡った児玉家の先鋒が危うくなった場合、ただちに河を渡って救出に向かうのであろう。

やがて両軍から陣太鼓が鳴り響き、原を囲む山々でこだまを繰り返すや、両軍が喊声《かんせい》を上げつつ急速に距離を縮めていった。

「掛かれ」

陣太鼓が鳴り響く中、図書が吠えた。

馬蹄の轟きと武者押しの叫びを伴って、図書の先鋒がどっと駆け出し、敵先鋒もこれに応《こた》えた。

「馬鹿め、河など背にしおって。我が鉄砲衆にて追い落とし、魚の餌《えさ》にしてくれる」

図書は歯を剝き出すようにして呟くと、采《さい》を振った。采が振られるや、鉄砲衆を預かる物頭《ものがしら》が下知《げち》を飛ばした。

「折り敷け」

先頭を行く鉄砲衆が左膝《ひざ》を立てて鉄砲を構えると同時に、敵先鋒も鉄砲衆を繰り出した。距離は四十間。有効射程距離である。

当時の軍隊は、自らを防御する楯《たて》の使用にどういうわけか不熱心であった。戦国時代特有の有り余る攻撃性が防御を忘れさせるのか。この防御の甘さに外国人たちはひどく驚いたらしく、ヨーロッパの宣教師の中には、わざわざ本国にそれを記して送った者もいたほどである。

この甘い防御の中、両軍の鉄砲が轟音《ごうおん》とともに火を吹いた。両軍の鉄砲足軽が、弾の当るやたらと大きな音とともに、次々に倒れる。図書はすかさず、

「槍衆を」

下知を発した。

3

「図書の馬鹿め、正面から仕掛けるつもりか」

図書の先鋒の様子を探りに行かせた物見の兵の報《しら》せを受けるや、半右衛門は歯噛《はが》みした。しかし、歯噛みする間もわずかの間である。物見の兵が次いで、「対岸の児玉家側の原には、一千の敵軍勢が控えている」と告げたのだ。

「一千だと」

半右衛門は身を固くした。

なぜなら児玉家は今回の戦に少なくとも五千の兵力は投入できるはずである。先鋒に二千、控える次鋒が一千とするなら、残る二千はどこにいった。

（ちっ）

半右衛門は、とっさに自らを取り巻く山々を見廻《みまわ》した。

（もしや、奴らの方が迂回して来やがったか）

山中に向かって目を凝らしつつ、さかんに視線を散らした。

（ならば、あの男は先鋒の二千にも、控えの一千にもいない）

「あの口欠けめ」

半右衛門はさらに眉を昂《あ》げてそう呟いた。

その男の姿を、半右衛門はいまだ目の当りにしたことがない。だが、その勇名は戸沢家でも良く知られていた。

児玉家で隠れなき勇士と名高い花房喜兵衛《はなぶさきへえ》という男である。敵の児玉家で、半右衛門と互角に渡り合えるのは、この男しかいないとされた。

歳《とし》も半右衛門と同じぐらいであれば、身の丈六尺を超す武者振りも勝るとも劣らない。しかし、随分と異なるのは、その顔の造作であった。

この喜兵衛は、上唇が縦に裂けた、兎唇《いぐち》の持ち主であった。歴史上、この唇の持ち主には不思議と武辺者が多い。

「兎唇に勇士あり」

というのは、当時の武者どもの常識といってよかった。そして喜兵衛もまた、その常識から外れぬ男であった。

(喜兵衛め、我が軍勢の側面を突くか)

半右衛門が考えついたなら、喜兵衛も考えるに違いない。

「全軍、反転」

半右衛門は下知するや、馬首を巡らした。

「図書の先鋒に背を向け、周囲の山に備えよ」

口元には良き武者を迎える笑みが浮かんでいる。

喜兵衛は、半右衛門の読み通り、山中に潜んでいた。

傍らには、暢気《のんき》に見物にきた百姓らしき男たちが、大勢縛り上げられて転がっている。

「ふむ」

喜兵衛の眼下の戦場では、図書率いる先鋒から、鉄砲衆に替わって槍衆が繰り出されつつあった。

「戸沢家に林半右衛門ありと当家の武者どももうるさいが、この戦立てでは敵の先鋒の大将は半右衛門ではないな」

喜兵衛は馬上で腕組みしながら、兎唇を歪《ゆが》めてにやりと笑った。

「我が軍勢には、当初の軍略通り事を進めると伝えよ」

馬を並べて控えていた近習の斉藤平三《へいざ》に命じた。平三は二十前と若い。喜兵衛に声を掛けられるや、

「はっ」

と、目を輝かせた。平三にとって喜兵衛は手本とも言うべき武者であった。

「おい」

喜兵衛はうんざりしたような顔で言った。

「俺を崇《あが》めるような顔をするんじゃねえ。若《わけ》えくせに気味が悪《わり》いや。若え奴は不遜《ふそん》ぐらいがちょうどいい」

だが、平三にはそんな言葉はもはや耳に入らないらしい。

「はっ」

輝かせた目のまま、馬首を巡らし巧みに馬を操って、山中を駆けていった。

図書率いる先鋒が槍衆を繰り出すや、敵もそれに応じた。双方から槍衆がどっと駆け出し、持った槍を高々と上げた。集団戦における槍合わせでは、槍は突くものではない。上から敵の槍を叩く。叩いた上で敵の槍の穂先が下がったり、叩かれるのを防ごうと上方を仰いだところを突く。斎藤道三が考案したというこの戦法は、当時大いに流行《はや》った。このため、お互いの軍勢が長い棒をもってひたすら叩き合うといった奇妙な光景が出現した。死傷者はほとんど出ない。

「いまぞ」

図書が細い眼《め》をかっと見開き采を振った。と同時に鉦《かね》が鳴り、図書の槍衆が一斉に地に伏せた。すると、その背後に、弾込めを終えた図書の鉄砲衆が現れた。

「放て」

物頭の下知とともに、およそ三百丁の鉄砲が激発した。一斉射撃を受けた敵の槍衆はどっと崩れ立つ。槍衆の崩れは敵先鋒の隅々へと瞬《また》く間に伝わった。敵先鋒の全部、二千近くが、図書の軍勢に背を向け、河に飛び込んでいったのだ。

早くも追撃の頃合いである。

「付け入れ」

図書は采を振り、自らも馬を駆った。川べりに到着すると、いまだ敵先鋒が渡河の最中《さなか》であった。

「敵は浅瀬を選んで渡っておる。跡をたどって追え」

図書の先鋒も一斉に河へと足を踏み入れた。

「何か変だ」

と言ったのは、次鋒で周囲の山を警戒していた半右衛門である。一際大きな喊声《かんせい》に後ろを振り向くと、図書の先鋒が敵を追撃しているではないか。

(あの能無しが、これほど小気味良く戦果を挙げられるはずがない)

「妙だぞ、これは」

半右衛門と同様、この不穏な空気に気付いた者がいる。それももっと明確にである。

小太郎の祖父、要蔵であった。

山中から見下ろすと、逃げる敵軍勢を追った図書の先鋒が渡河を終えたところであった。渡河を終えるや、敵先鋒の二千、さらには敗走に巻き込まれた敵の次鋒一千を追って、そのまま敵領内にどんどん深入りしていく。

「戦を知らんな。釣り野伏《つりのぶ》せにかかりおった」

釣り野伏せとは、薩摩《さつま》の島津氏が好んで使った戦術である。この老人はどういうわけかそんなことまで知っていた。

「行くぞ」

要蔵はもはや関心を失い、小太郎を促した。

「戸沢家の負けじゃ」

そう言って戦場に背を向けた瞬間、敵領内の山々から地鳴りのような大音が響き渡った。

「ぬかった」

地鳴りの中で憤激したのは、半右衛門である。

（読みが外れた）

――あの口欠けが潜んでいたのは、我が領内の山中ではない。

「俺ともあろう者がこれしきのことを見抜けなんだ」

（敵領内の山中にこそ潜んでいたのだ）

「者共、駆けよ」

半右衛門は馬腹を蹴《け》るや、まっしぐらに太田川に向かって馬を飛ばした。

図書の軍勢は、周囲の山々から響く地鳴りに度を失った。千五百の兵が追撃の手を止め、敵領内の原のど真ん中で棒立ちになっていた。

「何事じゃ」

図書が金切り声を上げた途端、どっと周囲の山から群がり出てきたのは、花房喜兵衛率いる敵の本軍二千である。

「者共、一兵たりとも逃すな」

喜兵衛は怒号を上げつつ、図書の軍勢に向かって馬を激走させた。

「逃げよ」

図書はとっさに馬首を巡らし、再び渡河を試みた。が、四方八方から急迫する敵の伏兵たちは、図書の後方にすでに廻り込み、河を背にして逃走を阻んでいた。

「しまった」

河から視線を外し、最前まで追撃していた敵の先鋒の方に再び振り返った。すると敗走していたはずの敵先鋒が反転し、大きく横に展開しながらこちらに向かって来るではないか。

「これは」

図書は戦慄《せんりつ》せざるを得なかった。

囮《おとり》の軍勢に故意に敗走させ、敵に深追いさせた挙句、頃合いを見て伏兵が群がり起こって後方を遮断、敗走していた軍勢は反転して包囲を完成する。これが釣り野伏せである。

図書は完全に包囲された。

「何とかせい」

馬廻りの者どもに怒鳴ったが、うろたえるばかりで為す術《すべ》はない。


寸刻の後、半右衛門は太田川の川べりに到着した。

（ちっ）

半右衛門は対岸の布陣を見て、内心舌を打った。

（口欠けの野郎、やはりぬかりはねえか）

対岸では、敵の鉄砲足軽がこちらに向かってずらりと銃口を並べ、半右衛門ら次鋒の渡河を阻んでいた。河に一歩足を踏み入れれば、たちまち蜂《はち》の巣になってしまうであろう。

（どうする）

そこに、三十郎が横から助言してきた。

「坊、いまこそ山中に分け入り、迂回して敵の側面を突きましょうぞ」

（そんな暇あるかよ）

迂回しているうちに、図書らの先鋒は全滅してしまうに違いない。そんなことは三十郎も承知しているはずではないか。

(三十め、暗に図書を見捨てろと言ってやがんな)

この場で指を咥《くわ》えて図書を見殺しにするよりも、迂回の作戦途上で図書の軍勢が全滅した方が、多少なりとも半右衛門の体面は保てる。

(このじじい、妙なところで利口になりやがって)

思うなり半右衛門の心をある思いが貫いた。

——卑怯である。

どういう理由があろうと、ここで図書を救わぬのは卑怯である。

半右衛門は、そう判断した。

これも三十郎の養育の弊害のひとつだったのかも知れない。

「卑怯な真似《まね》をするな」

三十郎が口がすっぱくなるほど言っていた唯一の教えを、半右衛門はかたくなに守ろうとしていた。いや、守ろうというよりも、この教えはすでに半右衛門の血肉となっている。

いわば、半右衛門の反応は反射と言い換えてよかった。そして、半右衛門のこういった性質こそが下級の武士どもの心を捕らえて離さぬ要因になっていた。

半右衛門は、ようやく追い付いた足軽と騎馬武者たちに向かって馬首を巡らすや、大音声《だいおんじょう》で吠えた。

「者共聞け、これからが稼ぎ時ぞ。討ち死にした者には子に、子なき者には女房に、女房なき者にはその縁者に、わしが倍の恩賞《おんしょう》を取らす。命を惜しんで損をするな」

聞いた全軍は一時に沸いた。とりわけ、足軽たちが喜ぶ様は狂乱に近い。

合戦は一面、一攫《いっかく》千金の場であった。兜首《かぶとくび》の一つも取れば、目玉の飛び出るような恩賞が得られる。それが名のある武者ならなおさらだ。手柄だけではない。討ち死にはもちろん、傷を負った場合にも恩賞は出た。半右衛門はそれを倍出すという。

「図書殿を救う気か。共倒れになるぞ」

三十郎は泣くようにして訴えた。

(このじじい、もう心の内を洩《も》らしやがった)

半右衛門はそう内心苦笑しながらも、

「こういう時の功名こそ、光るってもんよ」

不敵な顔を三十郎に向けた。次いで、こうも付け加えた。

「人に秀《ひい》でるはこの時なのさ」

そう言った半右衛門の表情がどこか寂しげなものに変わっていたのに、三十郎は気付かなかった。

半右衛門は、河の流れにぐいと目を向けた。

「気に入らぬ者を見殺しにしたとあっては、皆に笑われるわ」

叫ぶや馬腹を勢いよく蹴った。

「我に続け」

真っ先に、どっと河へと馬を入れた。

足軽も騎馬武者もこの半右衛門の姿に勇奮した。全軍が河へと殺到し、対岸へと真っ黒になって押し寄せた。

史書には、河を渡る際のちょっとしたコツがうるさいほどに出てくる。波の立つところが浅瀬だからそこを渡れ、というものである。半右衛門の兵たちも波立つ箇所を選んで河を駆け、凄《すさ》まじい勢いで対岸へと急迫した。

この勢いに敵の鉄砲足軽たちは浮き足立った。敵を引き付けて発砲するなど、よほど豪胆な者でなければできるものではない。物頭の下知を待たず、めいめいに鉄砲を撃ち始めた。

それでも半右衛門の兵たちは弾を受けて仰《あお》向《む》けに吹っ飛び、至るところで水柱が上がった。

「駆けよ、駆けよ」

半右衛門も銀の半月の前立てを吹き飛ばされながら、怯まず馬を打たせた。三十郎も左構えの鉄砲を放つや、馬腹に搭載した皮袋にそれを収め、刀を抜き放って突進した。

騎馬武者を討ち取れば、大きな手柄になる。このため騎乗の士には弾丸が集中した。それでなくても目立つ半右衛門である。やがて、半右衛門の頭に弾丸が命中した。

鉄の弾《はじ》ける音とともに、半右衛門の半身がぐらりと揺れた。

「坊っ」

三十郎は悲鳴を上げた。

だが、半右衛門の目は死んではいない。のけぞりながらも撃った敵の鉄砲足軽に、ぎろりと目を向けた。見れば鉄砲足軽は至近距離にいる。続けて半右衛門は、鉄砲足軽の視線を誘うように自らの馬の前脚に目をやった。

敵の鉄砲足軽は気付いた。

半右衛門の馬の前脚が対岸へと乗り上げていることにである。

「おい、そろそろ逃げたがいいんじゃねえか」

鉄砲足軽に向かってにやりと笑い掛けるや、半右衛門は水飛沫《みずしぶき》が上げる荒音と共に、勢いよく対岸へと上陸した。

わっ、と悲鳴を上げたのは、敵の鉄砲足軽である。たちまち踵《きびす》を返して逃げにかかった。

このころには、半右衛門の軍勢が次々に上陸を果たしつつあった。敵の鉄砲衆は次の弾込めどころの騒ぎではない。一斉に逃走へと転じた。

「鋒矢《ほうし》の陣を敷け。俺が先陣を切る」

半右衛門は命ずるや、勢いよく馬を駆った。三十郎に続き、騎馬武者も足軽も半右衛門を追いつつ陣形を作った。

鋒矢の陣とは、文字通り矢の形の密集陣形である。半右衛門を先頭とした陣形の貫通力は無類であった。逃げる鉄砲足軽どもを粉砕し、図書を包囲する敵軍に錐《きり》のように穴を空けていった。

「見えた」

敵の足軽を槍で突き伏せつつ、半右衛門は叫んだ。

視線の先に、わずか数騎の馬廻りに守られながら居竦《いすく》んでいる図書がいた。半右衛門は馬を励まし、敵足軽を馬蹄で踏み付け、図書の馬に馬首を並べた。

「図書、ここは俺に任せて落ちろ」

怒鳴る半右衛門に向かって、図書は目を吊り上げ、甲高い声を上げた。

「おのれ半右衛門、余計な真似を」

（野郎、俺が命があったら半殺しの目に遭わせてやる）

半右衛門はそう激したが、いまはそんなときではない。

（この馬鹿野郎どもを戦場から落さねば）

ぐるりと敵を見廻した。

（これをやるしかねえ）

意を決するや、両腕を大きく広げ、胸を張り、空を仰いで、天が崩れ落ちたかと聞き紛うほどの巨大な咆哮《ほうこう》を上げた。

敵は一斉に咆哮の主に目を奪われた。巨大な体軀《たいく》の咆哮の主は、続けて大音声で叫んだ。

「敵の者は目で見、耳で確かめよ。我が名は林半右衛門秋幸《あきゆき》。功名漁りの半右衛門とはわしがことじゃ。我が首を挙げ、一生分の飯を稼いでみせよ」

敵の軍勢は色めき立った。ここに今日一番の獲物がいる。この傍若無人な男の首級一つで、一生食うに困らぬ恩賞が転がり込んでくるに違いない。

敵の槍の穂先は一斉に半右衛門へと向けられた。

「三十、おのれが活路を開き、図書を落せ」

半右衛門は敵を目で圧しつつ、そう命じた。

「坊は」

ここまで必死に付き従ってきた三十郎は、またも悲痛な声を上げた。

「やかましい、付いいて来んじゃねえぞ」

命ずるや、半右衛門は川べりに向かって馬を飛ばした。敵は槍を擬しつつ半右衛門に群がるようにして従った。

（この辺でいいか）

川べりに着くと、馬速を緩めた。図書らの集団から程よく離れている。すると、半右衛門は敵の軍勢にとって驚くべき挙に出た。

群がる敵を目前にして馬から降りるや、馬首を撫《な》でつつ、河の水を愛馬に飼《か》ったのだ。

戦国の男たちはこんなことをよくやった。いかに自分が勇敢な男であるかを示すため、命がけで大胆が上にも大胆な挙に出たのだ。

それを見る方もまた戦国の男たちである。

——あっぱれ剛の者。

噂《うわさ》の林半右衛門とはこれほどの武者か。敵兵たちは一様に槍を付けるのも忘れ、息を呑《の》んだ。感動の表情すら浮かべている者もいる。

（見たか）

半右衛門は再び馬に飛び乗るや、川べりに沿って悠然と馬を進めた。周囲を取り囲んでいた敵兵たちは気を呑まれ、波が引くようにして次々に道を空けた。

（三十、逃げよ。道は開いた）

半右衛門が心中で三十郎にそう命じたとき、どういうわけか敵兵の群れが左右に分かれ始めた。何者かのために道を空けている。

（むう）

開いた道の先に、ひときわ巨大な一騎の騎馬武者がいる。武者の容貌《ようぼう》を凝視すれば、上唇が縦に裂けていた。

4

(あれか)

——花房喜兵衛。

喜兵衛は、半右衛門と同じ黒漆塗りの甲冑を身に纏《まと》っていた。それを紫の糸で威《おど》している。飾りらしきものと言えば、その威し絲《いと》ぐらいであった。ほかは飾り気のない頭形《ずなり》の兜で、これには前立ても脇立ても打っていない。この出《い》で立ちが、いかにも武辺一辺倒の男を思わせ、却《かえ》ってこの男の武者振りを際立たせていた。

(おお)

半右衛門は眸《ひとみ》を爛《らん》と輝かせながら、口元に笑みを浮かべた。

(良き敵哉《かな》)

心中で手を打ったとき、

「おう」

とびきり明るい大声を発したのは喜兵衛である。旧友に対するように、半右衛門に向かって手さえ振って見せた。噂に聞いた児玉家の猛将、花房喜兵衛は、陽気な性質《たち》の男のようであった。

「もしやそこにおるのは、戸沢家にこの者ありと言われる、功名漁りの林半右衛門殿ではござらんか」

喜兵衛もまた、半右衛門のごとき強敵に出会うのがうれしくてならないらしい。

半右衛門も同様である。歓《よろこ》びに任せ、

「おう、そういうおのれは児玉家家中、功名《こうみよう》餓鬼《がき》の花房喜兵衛殿でござろうか」

大声で答えた。

「功名餓鬼」とは、喜兵衛の異名であると半右衛門は知っている。武功に対して見せる執念の凄まじさから、そう称されるようになったというが、この両者は、異名まで何だか似ていた。

「いかにも花房喜兵衛じゃ。良き敵にめぐり会《お》うた。ひとつ槍合わせ願おうか」

「願ってもなきこと」

半右衛門はにこやかに返答した。

ほとんど芝居である。命のやり取りを、カラリとやってのけるのが、当時の武者たちの心意気であった。そして戦も忘れて見物していた足軽たちも、まったく芝居の登場人物を見るように彼らを見ていた。

そこに、この舞台にはお呼びでない三文役者が乱入してきた。

図書である。

「半右衛門」

と、敵が呆《ほう》けているのをいいことに、怒鳴りながら馬を飛ばしてくる。

「なんじゃ図書、お前まだいたのか」

半右衛門は興ざめしたような顔を図書に向けた。

「こんな失態を演じては叔父御《おじご》に合わせる顔がない。あの者と戦わせよ」

叔父御とは、当主の戸沢利高である。この期《ご》に及んで図書は自らの立場を死守しようと目論《もくろ》んでいるらしい。

半右衛門は鼻で笑った。

「図書では荷が勝ち過ぎらあ」

「なんじゃと」

怒気を発する図書に、

「おい」

と、その怒気を遥《はる》かに超す、憤激の声を投げ掛けた男がいる。

喜兵衛である。

「そこの小僧、邪魔じゃ退《の》け」

いまにも喰らい付いて来るかのような憤怒の形相《ぎょうそう》でそう喚いた。

「う」

図書は息を呑んだ。すでに身体が言うことをきかない。こんな男と戦ったなら、ほとんど木偶《でく》のように首を授けてしまうに違いない。

「三十、行け」

この機を捉《とら》えた半右衛門は、図書の馬の尻を槍の柄《え》で思い切り引っ叩《ぱた》いた。

「御意」

うなずくや、三十郎は、驚く図書の馬の手綱を取って、無人となった河の方へと逸散に駆けて行った。

この付近の戦場で残っているのは、もはや半右衛門ひとりとなった。

（さて）

半右衛門は、喜兵衛に向き直った。

途端、

「林殿、参る」

喜兵衛が馬腹を蹴って、どっと馬を駆った。

「心得た」

半右衛門も喜兵衛に向かって流星のごとく馬を走らせた。双方、得物は槍である。

両者の馬が急速に距離を縮めるのに従い、軍勢たちは後ずさりして、槍合わせの場所を空けた。

半右衛門は間合いに入るや、

（いまぞ）

喜兵衛の咽喉輪《のどわ》を狙って一気に槍を繰り出した。喜兵衛は、とっさにかわしたものの、半右衛門の槍の穂先は、喜兵衛の兜の忍《しの》び緒《お》を切り、錣《しころ》を貫き、兜を奪い去っていった。

が、喜兵衛もまたその異名に恥じない男であった。兜を奪われながらも、一拍置いてすれ違い様に槍を突き出したのだ。槍を繰り出した後の半右衛門の脇は、がら空きである。喜兵衛は右の脇板《わきいた》のちょうど上、防御のない部位を狙って繰り出した。

（ちっ）

半右衛門は、あばらの辺りに異様な衝撃を感じた。興奮のため痛みはないものの、相当な深手であろう。右の脇下のあばらの辺りを押さえると、みるみる血が噴き出てくるのが分かった。

（掌は）

右手の握り具合を確かめた。まだ槍を摑《つか》むことはできる。

「おお、やりおるなあ」

鉢巻だけとなった喜兵衛が、馬首を巡らしながら声を掛けてきた。

「なんの、花房殿もなかなか」

半右衛門も馬を返しながら大声を放った。深手を悟られてはならない。目を大きく開き、笑顔で叫んだ。

次の突進に掛け声はない。両者の馬首が向き合うや、無言のまま再び馬を駆った。

再び両者の馬は互いに肉薄した。

（できるか）

半右衛門は自らの右側に向かって突進してくる喜兵衛を凝視した。喜兵衛が槍を繰り出すや、手綱を咥えて槍の柄を両手で握った。

（芸が細かいがよ）

喜兵衛の槍を柄で受けるなり、両手で握った槍の柄を頭上に差し上げた。喜兵衛の槍が頭上に受け流されたと見るや、

（喰らえ）

右手を撥《は》ね上げられて空いた喜兵衛の顔面に向かって、横殴りに槍の柄を叩き付けた。

「ぐっ」

喜兵衛は一言唸《うな》るや、もんどり打って馬から転げ落ちた。半右衛門がすぐさま馬を急停止させると、その馬の足元で土煙が濛々《もうもう》と立ち昇った。

次の瞬間、叫ぶのも忘れていた観衆たちから、どよめきの声が上がった。見事な働きの前には敵も味方も賞賛を惜しまない時代のことである。どよめきの声はほとんど歓声と言ってよかった。

半右衛門はその歓声の中、馬首を巡らした。

「む」

兵たちの上げる声に促され、喜兵衛は目覚めた。目を上げると、ぼやけた視界に入ってきたのは、土煙の中を悠然とこちらに向かってくる巨大な半右衛門の影である。

喜兵衛は頭を振りながら胡坐《あぐら》をかくと、

「見事じゃ。さ、首級《くび》を挙げられよ」

咽喉輪を引きちぎって、頸《くび》を露わにした。

「いや、俺も危ないところだった」

半右衛門がそう言って馬上から槍の穂先を向けたとき、

「児玉家家中、斉藤平三参る」

声が飛んできた。

喜兵衛の近習、平三が、馬を捨てて徒歩立《かちだ》ちになり、音もなく忍び寄っていたのだ。近付くや、半右衛門の馬の左斜め後ろから槍を繰り出した。

(野郎っ)

馬の左斜め後ろは、馬上の人にとって死角となるところである。通常はここを徒士が守るが、このときの半右衛門には誰もいない。

半右衛門は無理な体勢で身体を捻《ひね》るなり、迫る槍を左手で摑み取った。

すると、半右衛門の右前方でむくむくと盛り上がってくる物がある。

（ちっ）

半右衛門はその方を見て、舌打ちした。

喜兵衛がその巨大な肉体を立ち上がらせつつある。すでに刀を抜いていた。

（まずいな、こりゃ）

半右衛門が顔をしかめたとき、銃声が響いた。と同時に左手で摑み取った槍の突こうとする力が急速に失われていった。何者かが平三を狙撃したのだ。

「坊」

と、その呼び名を投げかけてきたのは三十郎である。鉄砲を収めつつ、半右衛門の元に馳せ付けた。

「三十、ようした」

半右衛門は叫ぶように言ったが、三十郎の銃声は、さらなる危機を二人に呼び込んでいた。

銃声に我に返った敵の軍勢が、二人に向かって八方から一斉に押し寄せてきたのだ。

（こいつはいけねえ）

半右衛門は逃走を図るべく、馬首を河に向けた。

「逃げるか、半右衛門」

罵《ののし》るのは喜兵衛である。

（よく言うぜ）

半右衛門は苦笑した。

喜兵衛は、立ち上がりはしたものの、頭を強《したた》かに打たれ、ほとんど前後不覚の状態なのである。

半右衛門は、首級を取る気迫をすでに平三によって外されている。

（また今度な）

心中でそう語りかけるや、こう大声で吠えた。史上、武辺者が発する決まり文句のような台詞《せりふ》である。

「目の開きたる剛の者は、大軍には掛からぬものよ」

こんな負け惜しみのような言葉を吐き捨てると、意外な行動を取った。再び馬首を巡らし、河とは反対方向の敵へと突進していったのだ。

「坊、何ゆえそっちじゃ」

三十郎が泡を食って追いすがった。

半右衛門には考えがある。すでに川べりには敵の防御線ができつつあった。この者たちは半右衛門を決死の覚悟で待ち構えているはずだ。一方、半右衛門たちを挟んで反対側の兵どもは、まずこちらには来ないだろうと、気を緩めているに違いない。

半右衛門はその緩みを突いた。

案の定、半右衛門の突進に、軍勢は崩れ立った。

喜兵衛は、半右衛門主従の後ろ姿を見送るしかない。

そんな喜兵衛に、

「殿」

平三が、撃たれた二の腕を押さえながら歩み寄ってきた。

「無事か」

「ええ」

と、うなずく平三の腕を取り、喜兵衛は傷を確かめた。弾は貫通し、骨には異常はないらしい。

「うむ」

喜兵衛は深く息を吐《つ》くと、苦い顔で黙り込んだ。やがて、

「平三、礼を言う」

怒ったように言った。

「追わないんですか」

平三は、喜兵衛の様子をからかうように言った。そのくせ顔は真っ青である。

「無茶言うなよ」

喜兵衛はにやりと笑って答えた。

見ると、すでに半右衛門たちの姿は軍勢に紛れて見えなくなっていた。


「三十、俺から離れんじゃねえぞ」

半右衛門は敵の真《ま》っ只中《ただなか》で、敵を槍で突き伏せ、石突《いしづき》で殴りつけ、鬼神と見紛うほどの働きを見せた。三十郎は半右衛門に付いていくのがやっとである。やがて奮戦の挙句、二人は重囲を突破した。

突破した途端、三十郎は、「ああ」と恐れと驚きの入り混じった嘆声を洩らした。

河から離れて進めば進むほど、敵領分の奥地へと入ってしまうことになる。重囲を突破すると、敵の新手一千が行く手を阻んでいたのだ。後ろを振り向けば、突破した軍勢が再び隊伍を整え、じりじりと迫りつつある。

「図書は」

唐突に、半右衛門が訊《き》いてきた。その様子は、この土壇場に似合わぬほど物静かなものであった。

――おお、さすがは坊。

三十郎はそう心中で歓喜しながら、

「無事にお落し申したわ」

「ふん」

半右衛門は片頰で笑った。次いで「さてと」と呟くと、手に持った槍を大きく一振りした。

「坊よ」

「なんじゃい」

「大丈夫、坊なら手もなく蹴散らせるわ」

三十郎が幼いころから繰り返し繰り返し、刷り込んできた言葉である。

半右衛門は苦笑した。

「餓鬼のころからそればっかりじゃな。少しは変わった言いざまはできんのか」

言い終えるなり、息を大きく吸い込み雄叫《おたけ》びを上げた。上げつつ、どっと馬を駆った。

「三十、死兵《しへい》と化せ」

疾駆する馬上で半右衛門が叫んだ。

「心得ておりまするわ」

三十郎は何を当然のことを、と眉を顰《ひそ》めた。

一面に広がる真っ黒な軍勢に向かって、二騎の武者は猛烈な勢いで突き進んだ。やがて、暗雲に取り込まれるかのようにして、その姿は消えていった。

(二) 疑惑

1

二人の武者が決死の奮戦を繰り広げていたころ、要蔵と小太郎は静寂の中にいた。

この祖父と孫はすでに猟を始めていた。いや、すでにその真っ最中といって良かった。

悠然と佇《たたず》む猪《いのしし》を、一つの銃口が狙《ねら》っている。

小太郎が構えた火縄銃である。腹ばいに寝そべって狙いを定めている。要蔵と小太郎は草木に紛れ、十間《けん》ほど先の獲物を狙っていた。

やがて銃声がした。しかし、弾が仕留めたのは猪の脇に屹立《きつりつ》した木の幹であった。

(やはり仕損《しそん》じたか)

要蔵が心中で嘆息したとき、

「じいっ」

小太郎の声が耳に届いた。

逃げたはずの猪が、山の斜面をこちらに向かって駆け下りて来る。

(やはり、この種子島では無理なのか)

要蔵は、心中で叫びながら立ち上がるや、山刀を抜き放った。猪突《ちょとつ》をかわすと、すれ違い様に刃先を猪の額に突き立てた。猪はそのまま斜面を転がり、木の幹に突き当ると、その場で息絶えた。

「小太郎」

要蔵は危機を脱した興奮冷めやらぬまま、孫の持った種子島を奪い取った。

「この種子島は人並みの者ならば、必ず使いこなせる武器じゃ。それがおのれには何故《なにゆえ》できぬ」

猟を教えても、小太郎は一度たりとも鉄砲で獲物を仕留めたことがなかった。必ず外す。故意に的を外しているのではないかと思えるほどである。

だが要蔵の叱責《しっせき》にも答えず、小太郎は下を向いて無言のままでいた。のそりと立ち上がると、猪の屍骸《しがい》のところに行き、その背を撫《な》で始めた。

(やはり尋常には生きては行けぬ子なのか)

要蔵は、自問した。

その顔は苦悶《くもん》に満ちている。

半右衛門は三十郎の言葉通り、児玉家の軍勢の重囲を突破し、擂鉢原《すりばちはら》を囲む山中に逃げ込んだ。

一口に合戦と言っても、その中には緩急が存在する。ひとしきり敵と戦えば息を入れ、再び敵と槍《やり》を合わせるのだ。これを六回もやれば、息も絶え絶えになり、槍は鉛のように重くなると当時の史書はいう。

このときの二人がそれであった。朦朧《もうろう》とした意識の中で、破損の激しい甲冑《かっちゅう》を身に纏《まと》ったまま、馬上で揺られていた。槍はすでにない。

(気を緩めてはならん)

半右衛門は、ようやく痛みを発し始めた脇の下の深手をかばいつつ馬を歩ませた。

山中と言っても、ここは敵領内の山中なのである。すでに日も暮れ、木々の間からわずかに垣《かい》間《ま》見える月明かりだけが頼りである。

「三十」

半右衛門は三十郎に顔を向けた。

（馬鹿野郎、寝てんじゃねえ）

三十郎は馬上で、舟を漕《こ》いでいた。

「三十」

半右衛門が怒鳴り付けようとしたとき、突如、草むらから竹槍が繰り出された。

（やはり来やがったか）

竹槍は、無防備の三十郎を狙っている。半右衛門はとっさに抜刀するや、竹槍の鋭い穂先を叩《たた》き斬《き》った。が、三十郎は残りの竹筒で強《したた》かに突かれ、どうと落馬してしまった。

「起きろ、三十」

吠《ほ》えた半右衛門にも十数本の竹槍が突き付けられた。

（ちっ）

落ち武者狩りである。

敵領内の百姓か何かに違いない。半右衛門と三十郎の首級を挙げ児玉家に参上すれば、莫大《ばくだい》な褒美に与《あずか》れるのだ。

三十郎は落馬してようやく目が覚めたらしい。

「坊、無事か」

と、刀の柄《つか》に手を掛けつつ叫んだ。

「今はな」

その直後、発せられた物音に、半右衛門は視線を走らせた。落ち武者狩りの百姓どもも、思わずその方を見た。

すると、草むらを掻《か》き分けて一人の少年が姿を現した。

(餓鬼か？)

見れば、少年の背丈は半右衛門より小さいながらも大人並みであった。顔の造作も何やら男臭いが、眼差《まなざ》しだけは子供のそれである。

小太郎であった。

(餓鬼だよな)

半右衛門は不思議な生き物でも目《ま》の当りにするかのように、小太郎を凝視した。伸び放題の乱髪を靡《なび》かせたその姿は、何やら獣じみてもいた。

小太郎が小首をかしげて発したのは、事態にそぐわぬのどかな声である。

「何をしとるんじゃ」

(やっぱり餓鬼だ)

半右衛門は漸《ようや》く確信した。声が高く、やたらと通る。

(しかし妙な餓鬼だ)

少年は、目の前の事態が全然理解できていないらしい。半右衛門は意外な闖入者《ちんにゅうしゃ》に、心中で苦笑せざるを得なかった。

「餓鬼はひっこんでろ」

百姓の一人も小馬鹿にしながら小太郎に近付いた。途端に立ち止まった。

(む)

半右衛門も気付いた。

草むらの陰になって分からなかったが、小太郎は鉄砲を手に提《さ》げていたのだ。すでに火縄には火が点じられている。

小太郎は凶器を手にしたまま、のそのそと百姓たちの方に近付いていく。

「やる気か、おめえ」

百姓は身構えた。

きょとんとした顔で、小太郎は歩みを止めた。

(頃合か)

半右衛門は、槍を突き付ける百姓どもを一瞥《いちべつ》した。が、落ち武者狩りなど慣れたものなのか、百姓どもに動揺する様子はない。気を抜けば、いまにも竹槍が八方から殺到しそうである。

そこに、荒々しく草を踏み締める足音と共に、老人がやってきた。こちらはすでに事態を把握しているようだった。百姓たちに声を静めて、

「わしが命ずれば、孫は撃つぞ」

「誰だおめえ」

百姓が怯《おび》えながらも訊《き》いた。

「熊井村の要蔵という者だ」

(熊井村?)

半右衛門は内心首をかしげた。熊井村と言えば、我が領分の山中にある猟師村ではないか。ここは、敵領内のはずである。百姓もそれを言った。

「おめえ、戸沢家の領分の者か」

大軍の移動が困難な山中の境目など、敵味方ともに警戒には熱心ではない。要蔵は、それに乗じて児玉家の領分に入り込み、猟をやっていたのだ。言わば密猟である。

「左様、それゆえこちらにもお前様たちの口を封じるわけがあるということだ」

要蔵は、小太郎の鉄砲を奪い取ると、十数人の百姓どもに次々に銃口を向けていった。

「お前様たちのうち、必ず一人は殺す」

百姓たちは互いに目を見合わせた。

(ここだ)

半右衛門は、刀の柄《つか》に手を掛けた。そして要蔵もまた、この機を逃さなかった。

「行け」

大喝した。百姓たちは一斉に逃げ出した。

逸散に逃げ去る百姓どもを見送りながら、要蔵は鉄砲を下ろした。

「礼を申す。我が領内の地鉄砲（猟師）か」

半右衛門は問うた。

しかし、どういうわけかこの老人は褒美も求めず、「そうだ」と言ったきり、少年を促しさっさとこの場を離れようとする。その態度は、明らかに接触を拒む者のそれであった。

三十郎は辞を低くすると、

「無理を言ってすまぬが、一晩宿を貸してはもらえぬだろうか」

物柔らかに言った。気のいい三十郎らしい態度であったが、要蔵はにべもなかった。

「断る」

鋭すぎるほどの語気で言った。

これには三十郎も腹を立てた。「何」と怒気を発して刀に手を掛けた。

「よせ」

半右衛門は、三十郎を手で制すと、

「いや、迷惑ならよいのだ」

要蔵に向かってうなずいた。

「迷惑じゃな」

老人はよほど偏屈なのか、言わずとも良いことまで言う。

それでも半右衛門は怒らない。

「いずれ助かった」

と言い、

「三十、行くぞ」

馬首を巡らしたとき、目の前が真っ暗になった。脇の下の傷が開き、鮮血が噴き出したのだ。

「坊」

三十郎が叫んだより一瞬早く、小太郎は半右衛門に駆け寄っていた。

「じいっ、このお侍怪我《けが》をしとる」

このとき、三十郎は目撃し、驚愕《きょうがく》した。気を失って落馬する寸前だった半右衛門の巨体を、少年が軽々と肩に担ぐ光景にである。

半右衛門は夢を見ていた。

十代も終わりの半右衛門が、嫁入り行列の眼前に立ちふさがっている。

夜深《よふか》のことである。護衛の侍が掲げた松明《たいまつ》が、半右衛門の憤怒の形相《ぎょうそう》を照らしていた。

「鈴《すず》っ」

夢の中の半右衛門は叫んでいた。左右六丁ずつの輿《こし》に挟まれた、花嫁の乗る御輿に向かって叫んでいるらしい。

（鈴？）

夢寐《むび》の中の半右衛門は、自らの夢にそう自問した。

夢の中の鈴とは、半右衛門のかつての想《おも》い女《びと》である。そして、女もまた半右衛門に想いを寄せているはずであった。

その鈴が図書の嫁になるのだという。

夢の中の半右衛門は激怒した。鈴の父が決めたことではあるが、半右衛門が想いを寄せるほどの女である。女にしておくには惜しいほどに猛々《たけだけ》しい。拒絶しようと思えばできないことではなかろうとも思われた。

鈴の父に掛け合うか、とも考えたが、鈴の父は、半右衛門と同じ国人領主とは言え、身代《しんだい》も小さく、性質も娘とは正反対の男だ。半右衛門に対してひたすらに詫《わ》びを繰り返すに違いない。弱きを弄《なぶ》るに似て、半右衛門の好みに合わない。忍んで行って鈴の真意を問い質《ただ》すか、とも思ったが、女々しいようでこれもやる気にならなかった。

——もっとも大胆なる為《な》し様で、鈴を引き摺《ず》り出すのだ。

夢の中の半右衛門はそう意を決し、嫁入り行列の正面に立ちはだかるという馬鹿げた振る舞いに出た。

「狼藉《ろうぜき》するか」

輿を護衛していた侍が、刀を抜いて半右衛門に打ちかかった。半右衛門はその者の小手《こて》を片手で摑《つか》み上げるや、下に捻《ひね》りざま地面に叩き付けた。

「鈴」

半右衛門は、侍を押さえたまま吠えた。

「おのれはわしが物じゃ。図書なんぞには決して渡さぬ」

かつての武士は、女を盗んでそのまま妻にしてしまう暴挙にも出た。夢の中の半右衛門が、鈴を自らの所有物と考えるのに何の疑問もない。

すると、御輿の戸が開けられ、その所有物が姿を現した。半右衛門に向かって数歩歩みよると、美しい切れ長の瞳《ひとみ》をぐいと半右衛門に向けた。頰《ほお》は豊かで女らしさを湛《たた》えながら、眉《まゆ》は男のように上がっている。その様は凜《りん》としたこの女の心根を端的に表していた。

「鈴」

半右衛門は叫んだ。

すると、鈴が発したのは、かつて想いを交わした女のものとは到底思えぬ言葉であった。

「控えよ、林半右衛門」

目の覚めるほど赤く、肉の厚い唇で言ったのだ。

「戸沢図書様は、この先、戸沢家を継ぐと目されるお方。その正室になろうという私に、その中し様は何ぞ」

半右衛門はとっさに言葉もなかった。

「悔しければ、図書様を凌駕《りょうが》する武功を立ててみせよ」

鈴はそう鋭く言い放つと、白の小袖《こそで》を翻《ひるがえ》した。そして半右衛門に背を向けたまま、加えて言った。

――人に秀《ひい》でてみせよ。

2

半右衛門は目覚めた。

（ここは）

目玉だけを動かして真横に視線をやると、板敷きに切った囲炉裏《いろり》が見えた。囲炉裏には鉄鍋が掛かっており、ぐつぐつと心地の良い音を立てている。自らの身体《からだ》に目をやれば、脇の下の傷には療治が施《ほどこ》され、晒《さらし》が巻かれていた。どうやら熊井村の要蔵と名乗った猟師の小屋に寝かされているものらしい。

（――夢だったか）

半右衛門は心中で嘆息した。

だが、あながち夢ではないことを半右衛門は知っている。

夢で見た一連のことは、半右衛門が十代の終わりに事実やったことであった。半右衛門と鈴が一時、想いを遂げ合ったのもまた事実である。半右衛門の愚行は家中にも大いに知れ渡ったが、不思議と戸沢家からは何の咎《とが》めもなかった。

(またこの夢を見たか)

半右衛門は心中で舌打ちした。

死線をさまよい、目立つ武功を立てたとき、半右衛門は必ずこの夢を見た。

半右衛門は三十五というこの歳《とし》まで妻帯していない。当時の武者の中には合戦前に女を近づけないといった決まりを律儀《りちぎ》に守る者もいたし、そもそも、「女嫌い」と称して生涯一人身でいる者もざらにあった。半右衛門もまたそんな男の一人であった。

「鈴様のことが忘れられぬのじゃ」

三十郎などは、そう半右衛門を哀れんだが、半右衛門にとっては的外れもいいところであった。

(我ながら阿呆《あほう》なことを)

半右衛門は、十代の自分を思って苦笑した。

鈴という想い女もすでにこの世にはいない。十六の歳に図書に嫁いで、半年の内に病死したと聞いている。

「坊」

目覚めた半右衛門にようやく気付いた三十郎が声を上げた。涙を流さんばかりの顔をぐいと寄せてくる。

「うるせえな」

半右衛門は、眉を顰《ひそ》めながら顔を背けた。

「傷は内臓には達しておらぬゆえ、案ずることはない。あの負け戦でようこれしきで済んだものじゃ」

囲炉裏に目を向けたまま言うのは要蔵である。そこに猪汁を盛った椀《わん》が突き出された。

「はい」

小太郎である。

(ん?)

半右衛門は、短い小袖から覗《のぞ》く小太郎の腕に小さく驚いた。腕には奇妙なほど深く肉の溝が彫られ、いかにもしなやかで力強く感じられた。

(磨けば、良き武者になるやも知れぬ)

身を起こしながら、そんなことをぼんやり考えた。

「斯様《かよう》な身体付きだが、小太郎は十一の子供じゃ。それに同じ年端《としは》の子供に比べて無邪気に過ぎる。武者働きなど到底おぼつかぬぞ」

半右衛門の考えを見透かすように、要蔵がそう釘《くぎ》を刺してきた。

「血が足りぬゆえ、気を失ったのじゃ。無理をしても食え」

「ああ」

半右衛門は汁を搔っ込んだ。塩気がきつく、猪の脂も溶け込んだ汁は、荒っぽいが実にうまい。

「うまいか」

小太郎が、目を輝かせながら訊いてきた。

「うめえ」

半右衛門はにやりと笑って、そう答えてやった。小太郎は目をいっぱいに見開いて何度もうなずくと、自分の猪汁を食いに掛かる。

(十一歳か)

小太郎の動物のごとき一心不乱の食い様を見ると、半右衛門の興もすっかり冷めていった。

(確かに無邪気に過ぎる。少し足りないのかも知れぬ)

僅《わず》かに眉を顰めて小太郎を見つめていると、

「お主、名は」

要蔵が訊《き》いてきた。

「林半右衛門。この者は藤田三十郎じゃ。戸沢家を盟主と仰《あお》いでおる者じゃ。じい様は熊井村の要蔵と言っていたな」

言いながら、半右衛門は汁を掻っ込む少年に改めて目をやった。

「小太郎というのか、この小僧は」

「左様」

要蔵はすでに厳しい顔になっている。

「お手前が林半右衛門殿でござったか。先鋒《せんぽう》は林殿が務めたのか」

「んなわけねえだろ」

軍略のことである。半右衛門は目を剝《む》いて言った。

「左様か」要蔵は相手にならずに続けた。「戸沢家の先鋒は敵の正面から軍勢をぶつけたな。徒《いたずら》に兵の命を失う者が将と言えようか」

(随分と利いた風な口を利くじゃねえか)

半右衛門は、老人の講釈に心中、苦笑した。

三十郎の方は激している。

「ご老体、無礼であろう」

老人が老人に向かって怒り出した。

「いいじゃねえか、正しいことを言ってるぜ」

図書の馬鹿さ加減を要蔵は指摘している。半右衛門は笑って三十郎を制しながら、

(このじい様、武家奉公をしたことがあるな)

と踏んだ。それも口ぶりから言って、兵を使う立場にいたのではないか。

半右衛門がそれを問うと、要蔵は取り付く島もないような調子で「ないな」と答えた。

(妙だな)

半右衛門は、内心僅かな疑問を抱いたが、「へえ」と関心ないふうを装った。

ふと小太郎に目を転じると、傾けた椀から幼い目だけを覗かせて、一点を食い入るように見つめている。

(ん?)

視線の先にあるのは、三十郎自慢の鉄砲である。

「小僧」

真っ先に小太郎の視線に食い付いたのは三十郎である。いい自慢相手がここにいた。目を輝かせながら、小太郎に向かってぐいと顔を寄せた。

「この種子島が気になるか」

「うん」

「そうかそうか」

三十郎は、大いに満足して皮袋に入れた左構えの鉄砲をすらりと引き抜いた。

顔色を変えたのは要蔵である。

(なんだ?)

要蔵の視線が鋭い。「それを見せてもらえるか」と、三十郎に頼む静かな口ぶりにも、狼狽《ろうばい》した様子が微《かす》かに感じられる。

要蔵は、左構えの鉄砲を受け取ると、銃身をまじまじと見つめ、次いで鉄砲の左側に付いた機関部に目をやった。

(何故構えぬ)

半右衛門は再び小さく疑問を抱いた。

鉄砲を手にした者なら、とりわけ猟師なら必ず試すことを、この老人はなぜしようとしない。

「堺じゃな」

要蔵は言った。

「ご明察。三重巻きにしておるからな、強薬にもよう耐えるはずじゃ」

三十郎は、「しかし、よう分かったな」などと追従《ついしょう》まで加えながら嬉々《きき》として要蔵ににじり寄った。

「左構えなど、斯様《かよう》な珍物《ちんぶつ》、堺ぐらいでしか造れぬだろうと思うたまでじゃ」

関心なさげにそう言うと、要蔵は鉄砲を三十郎に返した。

三十郎はそんな要蔵の様子にすっかり興を削《そ》がれた。

「小太郎、この種子島を手に取ってはならん」

要蔵が小太郎に向かい険しい顔で言った。

「よいではないか」

三十郎は宥《なだ》めるように訴えた。が、要蔵は小太郎に顔を向けたまま言った。

「ならん」

杭《くい》で打ち込むような念の押し様である。これには三十郎も黙らざるを得ない。

(三十郎め、しょげてやがら)

半右衛門は、しょんぼりと肩を落す三十郎を見て、ほくそ笑んだ。すでに先の僅かな疑問は過ぎ去っている。ただ、今にも泣き出しそうな顔でうなずく小太郎を見て、ぼんやり思った程度である。

(妙な孫とじい様だ)

半右衛門と三十郎が、熊井村の外れにある要蔵の猟師小屋を出たのは、日も随分と高くなってからのことである。

「小太郎、いずれ礼は遣わすぞ。何か望みはあるか」

半右衛門は馬上から声を掛けた。

馬上を仰ぎ見ていた小太郎は、視線を走らせ辺りを探った。要蔵がいないのを確かめているらしい。半右衛門にさらに近付くと、

「なら、鉄砲試合に出してくれ」

声を潜めて言った。

「小僧、お前も鉄砲試合か」

半右衛門は、思わず苦笑してしまった。

「しかしあんなもの、誰でも出られるのだぞ。他にないのか」

「鉄砲試合に出たい。玄太も出てるから」

小太郎は、それでも目を輝かせて言ってくる。

思わぬ名に反応したのは三十郎だ。

「玄太じゃと」

目を三角にして喚《わめ》くように言った。

「知ってるのか」

半右衛門は三十郎に意外な顔を向けた。

「知っているもなにも」

三十郎が唾《つば》を飛ばして捲《まく》し立てたのは、先の鉄砲試合のことである。

この老武者が、右構えの鉄砲を、勇敢にも左構えで撃つという無謀を行うに至ったのは、玄太

と名乗る強敵を打ち破るためであった。

結果、玄太は一等を獲得し、三十郎は鼻の頭に焦げ目を授かった。半右衛門も鉄砲試合は観戦しなければならないから、妙に厳《いか》つい体付きの小僧のことは覚えていた。

「あれが玄太か」

半右衛門は全然関心ない。それでも小太郎には、

「わかった。試合があれば戸沢家の城下に来い。必ず出してやる」

大きくうなずいてみせた。

「本当か」

「約束だ」

そこに要蔵が小屋から出てきた。二人に歩み寄ると「猪の肉じゃ、途中で食え」と、手に持った包みを馬上の三十郎に渡した。

「じい様、いずれ礼はする」

半右衛門は、馬上から深々と頭を下げた。だが要蔵はにべもなく言った。

「礼などよい。それより我らのことは全《すべ》て忘れよ。二度とわしにも小太郎にも会おうなどと思うな」

「なぜだ」

半右衛門は、余りの頑《かたく》なさに小さく色をなした。

「もう行け」

要蔵は動ずることなく言うと、小太郎を促し小屋へと戻って行った。

「小太郎」

半右衛門は大声で叫んだ。小太郎は、歩きながら振り向いた。

——約束は守るからな。

その意を込めて、小太郎に向かってびしりと指を差した。

小太郎は要蔵に背中を押されながら、小さくうなずいた。

3

戸沢家の居城、碧山城《みどりやまじょう》は山城である。

俯瞰《ふかん》すると、碧山の山頂に籠城《ろうじょう》時に使用する詰めの城を置き、南側の城道を下った山の中腹には、平時に当主らが使う館《やかた》を構えていた。さらに山を下った麓《ふもと》には大手門をへだてて城下町が形成されている。城下町を構成する屋敷や家々の大きさにかなりの幅で差があるのは、江戸期と違い、武家屋敷群と町人街とが混在しているからである。その先は太田川の支流、芦野川《あしのがわ》が流れている。これが碧山城を守る天然の水堀を為していた。

城下町は、山の中腹の館からみると、丁の字に形成されている。山の麓から二町ほどの道が真《ま》っ直《す》ぐに伸び、街道へとぶつかる。東西に伸びた街道にも家屋は並んでおり、およそ十町ほどが城下町と言えた。

いま、その街道を一騎の騎馬武者が、猛烈な速さで疾駆していた。敗戦の負傷兵が城下町の街道にまで溢《あふ》れる中を、騎馬武者は「使番、使番」と連呼しながら駆け抜け、丁字路を曲がって碧山へと直進していく。その必死な様子を、城下の者たちは不安な面持ちで見送った。

――また、名のあるお侍の討死《うちじに》が分かったのだ。

彼らは一様にそう察した。

図書の失策による敗戦は、負傷兵はおろか町人にまで知れ渡っている。それどころか、その戦禍さえ町人たちは把握していた。出兵した二千強のうち、討ち取られた首が一千、負傷兵も含めれば千五百という甚大なものであったという。名のある武者も相当数、戦死したらしい。

――功名漁《あさ》りの林半右衛門様も討ち取られたそうな。

そんな噂《うわさ》さえ、まことしやかに流れている。

――となれば、戸沢家の所領は、もはや児玉家に渡ったも同然。

町人や兵たちが不安な顔になるのは、このためであった。

使番は、負傷兵が転がる城道を馬上のまま駆け上がり、中腹の館の城門に飛び込んだ。館の玄関先の白洲《しらす》には、当主の戸沢利高以下、図書を始め生き残った重臣たちが憔悴《しょうすい》しきった顔を並べていた。

戦から一夜明けて、すでに夕刻に差し掛かろうとしていた。だが、検分のため城から発した使番が昨晩からひっきりなしに討死した武者たちの姓名を報《しら》せに来る。このため、当主以下の重臣たちは白洲で待機を続けていた。

使番は馬から飛び降り、当主の利高に駆け寄った。片膝《ひざ》を突くなり、

「小松茂助《もすけ》殿、武田隼人《はやと》殿、吉田庄之助殿、討死」

大声で一息に伝え終えた。

「何と」

利高は、絶句した。

今年六十六歳になるこの戸沢家の当主は、二十年以上も前に近隣の国人どもを掌握し、その盟主となった。それだけに本来剛腹《ごうふく》な男のはずである。この点、図書とは正反対の男と言えた。そんな男が余りの敗戦の惨禍に絶句してしまった。

(老いを意識し過ぎたか)

利高は、かつては豊かだった頰の窪《くぼ》みをしきりに撫《な》でた。

(図書なんぞに戦を任せてしまった)

うなだれてこちらを見ようともしない図書を一瞥しながら、そう悔やんだ。

利高は近年、肉体の衰えをしきりに気にするようになっていた。かつては剛強を誇っただけに、その衰えが僅かなものでも、この男には堪《こた》えた。それが、こんな失策として表れた。

――半右衛門ならば。

林半右衛門に任せておれば、斯様《かよう》な憂き目を見ることなどなかったであろうものを。

そう思うなり、利高は使番に摑みかかるようにして訊いた。

「半右衛門は、林半右衛門の生死はいまだ分からぬのか」

「は、今もって不明でござりまする」

使番は目を伏せたまま、そう答えた。

そこに、「叔父御《おじご》」と図書がつぶやくように声を掛けてきた。

「半右衛門は、家臣の藤田三十郎ともども殿軍《しんがり》を務めますれば、到底生きておるとは思われませぬ」

（この甥《おい》めは）

利高は思わず嚇《か》っとなった。すでに半右衛門が殿軍を引き受けたことなど知っている。それを図書はわざわざ改めて口に出す。言いたいことは百も承知である。

「半右衛門に重きを置き過ぎている。死んだものとしてさっさと諦《あきら》めよ」

そう言いたいのであろう。裏を返せば、

「俺に重きを置け」

と、訴えたいのに違いない。それがこんな言葉となって甥の口から吐き出されている。自らの失策を棚に上げてである。

（己《おのれ》の言葉によって、俺の心がどう動くか程度のことさえ察することのできぬ、この器量の小ささはどうじゃ）

利高は、まったく呆《あき》れる思いであった。

とはいえ、この男は、図書に家督を譲る考えを改めようとは思っていない。あくまで血族の中から後継者を選び出そうとしていた。その中で図書は年齢も含め、まだしもましな方なのであった。

重臣たちの前で怒鳴りつければ、半右衛門のごとく、図書をあからさまに侮《あなど》る者がさらに増えるだろう。従って利高は、図書を公衆の面前で叱責《しっせき》することはできない。図書の言葉に、

「うむ」

と唸《うな》ったきり、目を閉じた。

利高が苦い顔で目を閉じたころ、城下町に異変が起きていた。異変は二騎の騎馬武者によって出来《しゅったい》した。

「あれは」

街道沿いの城下町の西の端にいた足軽の一人がまず気付いた。

西の端には、芦野川を渡す橋が架かっており、これが城下町の入り口としての役目を為している。二騎の騎馬武者は、その橋のさらに向こう、百姓たちの住む村々が点在する田圃《たんぼ》の中の畦道《あぜみち》を、落日を背にしながら悠然と馬を進めてきた。

「あの一際《ひときわ》、巨大な黒漆《くろうるし》塗《ぬ》りの武者は」

足軽ですら、遠目にも識別できた。

「林様じゃ、林半右衛門様じゃ」

足軽の狂喜する喚き声を聞くなり、足軽や町人どもはもとより、負傷兵までもがどっと歓声を上げた。城下町の西の端に押し寄せ、半右衛門の姿を目視しようと背伸びを繰り返した。

当の半右衛門は、城下のどよめきの声に大いに満足している。

「どうだ、この歓迎ぶりは」

三十郎に向かい、大口を開けて笑った。ほとんど子供のような反応であった。

この点、半右衛門は、戦国武者特有の単純さを備えた男であった。歓迎に向かって恐れ入るなどという発想はない。

「三十よ」

半右衛門は笑顔のまま呼びかけた。

「シケた面《つら》すんじゃねえぞ。俺たちが暗ければ領民、兵ともに士気を失う。士気を失えば、戸沢家は終わりだ」

いかに劣勢であっても、大将たるものは寸分も顔色を変えてはならない。これが、大将の仕事の一つ、いや、ほとんど全てといって良かった。名将と呼ばれるほどの者は、必ずこのことを心得ている。半右衛門は、一手の大将ながらそれをやろうとしていたのだ。

「御意」

三十郎は威勢よく答えた。

「勝ったがごとく馬を打たせよ」

半右衛門は胸を張り、ぐいと顎《あご》を上げた。

橋を渡って二騎の騎馬武者が城下町に入ると、歓声は割れんばかりになった。

城下町にいた者たちが群れとなって両脇から押し寄せる中、半右衛門は「やあやあ」と陽気に手を挙げて応《こた》え、悠々と馬を進め続けた。

無論、半右衛門は、城下町の人間たちが無邪気に歓声を送っているのではないことぐらいは承知している。

(俺を失い、戸沢家が負ければ、暮らし向きが変わるかも知れぬからこそ、我らを歓待するのじゃ)

自らの武に対する自負が強烈なこの男は、どこか冷静にその歓迎ぶりを眺めていた。だが一方で、歓声によって湧《わ》き上がる興奮を抑え切れない面も確かにあった。

そこに、

「坊」

と呼ばわる声がした。

三十郎が呼んだのではない。それを皮切りに、「坊」とか「坊殿」といった声が群衆の中から次々に飛んできた。

三十郎を見ると、幾度もうなずきながら喜びを嚙《か》み締めている様子だ。「坊」と呼ばれることが、半右衛門の慕われている証拠だとでも思っているのだろう。

半右衛門の所領の者どもはともかく、碧山城の城下町の者からこう呼ばれるのは初めてのことである。

「やかましい」

顔を真っ赤にして怒った。

しかし、どういうわけか半右衛門が「坊」と呼ばれた際に発する怒鳴り声は、子供がムキになっているような調子にしかならなかった。子供の怒りはカラリとしている。後に引かない。半右衛門の怒鳴り声は、戦場とは一変し、一向に効き目がなくなってしまう。

「誰が言いやがった」

首を捻りながら、真っ赤な顔をくいくいと八方に向ける半右衛門に、群衆はどっと笑い声を上げた。

こういうところ、半右衛門は剛強さと言い、単純な性質と言い、この時代特有の陽気な好みに大いに合致する男であった。

一気に加熱しカラリと怒る、というのは、戦国時代の流儀に大いに適《かな》っているとって言ってよかった。怒りを内に秘める、あるいは我慢するなど、この時代の流儀から言って言語道断のことである。

また群衆にとっては、半右衛門の姿かたちも、たまらぬものであった。

江戸期に入って戦がなくなると、武士たちまでもが容姿端麗な優男《やさおとこ》を珍重するようになる。しかし、この時代はそうではない。より実戦的で男性的な容姿の者を好んだ。即《すなわ》ち、半右衛門のごとき容姿である。

兵だけではなく、町人たちの好みも、その例外ではない。町人の女どもの中には、その場でへたり込んでしまう者までいた。その女たちの中で、半右衛門の勇姿を目撃するにつけ思い出されるのは、

「あの鈴様までもが想いを寄せられた男」

という正《まさ》しく憧憬《しようけい》の気分であった。

――三国一の美女。

鈴はそう称されるほどの女であった。その鈴と半右衛門が想いを寄せ合った仲であるという事実は、どうしたことか城下の町人たちにまで知れ渡っていた。それをあの戸沢図書が横槍を入れたという。

「あの軟弱者が」

城下の女たちは、半右衛門のために義憤に駆られた。しかも鈴が死んで間もないころから図書は、縁戚に列するのを狙った重臣たちに夜ごと娘を献上させているという。

「何と嫌《いや》らしい男」

自らの身体が汚されたような気分を抱き、憤った。

「何じゃ、あの騒ぎは」

不審な顔をしたのは、城下町での騒ぎを聞きつけた大手門の門番である。武家屋敷の陰になって見えないが、街道筋の辺りからどよめきと歓声の大音が聞こえてくる。ほとんど祭りのような騒ぎであった。しかもそのお祭り騒ぎは、徐々にこちらへと近付いてくる。

「ああ」

門番は、やがて姿を現した祭司《さいし》を目撃して唇を震わせた。とっさに大声を上げた。

「林様じゃ、林半右衛門様が生きてござったぞ」

麓の城道で死んだように転がっている負傷兵どもに向かって吠えた。

負傷兵どもは、雷に打たれたかのごとく、鬨《とき》を作って立ち上がった。半右衛門帰還の報は口から口へと伝えられ、碧山の城道を駆け上がった。駆け上がるに伴い、半死半生だった負傷兵たちは次々に蘇《よみがえ》り、生気に満ちた眼差しで勇者の帰りを待った。

このころには、すでに半右衛門は大手門に達していた。

「今度呼びやがったら、ただじゃおかねえぞ」

門前での捨て台詞《ぜりふ》にも、町人たちは哄笑《こうしょう》で応えた。

「へっ」

怫然《ふつぜん》とした表情で、町人たちに別れを告げた。次いで門番に「苦労」と言い捨てると、城下町から付いてきた負傷兵を伴って、馬上のまま城道をゆっくりと登った。

城道に入ると、今度は城内の負傷兵たちの歓声が半右衛門を迎えた。ここで、左後方で馬を打たせていた三十郎が、半右衛門に「坊」と声をかけた。

「ん」

半右衛門は振り返る。

「あの槍を持った壮年の男、荒村の西村勘助《にしむらかんすけ》でござる」

三十郎の役目がこれであった。

戸沢家領内の有力者の名をいちいち小声で教えるのである。

同じ負傷兵と言っても、城下町に寝転んでいたのと、城内にいたのとでは身分が違う。一村を束ねる地侍《じざむらい》たちが、城内に寝転んでいた。地侍とは元は百姓だが財力を拡大して武士としての実を備えた者たちだ。彼らは、村の壮健な若者数人を従え、参陣してくる。戸沢家の重臣たる半右衛門は、声の一つも掛けなければならない。

だが、半右衛門はそんなことには無頓着《むとんちゃく》であった。一向に名前さえ覚えようとしない。覚えているのは、変な顔の男とか、奇妙な行いをする者といった、自らの子供っぽい関心を満足させる者の名前のみである。

それでも、三十郎が「名を呼んでやれば喜ぶのじゃから」と説得すると、半右衛門はようやく乗り気になった。他人を喜ばせるのは嫌いではない。そこで、名を覚えるのを三十郎に任せ、半右衛門はその名を大声で喚くことにしていた。

「おう、そこにおるのは荒村の西村勘助じゃな。よう生きておった」

半右衛門は陽気に叫んだ。

当時の人間たちの武名に対する執着は異常なほどである。半右衛門ほどの勇士に名を覚えられていたことに勘助は感動した。両膝を地に付き涙まで流した。

「次、朱の甲冑《かっちゅう》の者、串田村の佐東甚三郎《さとうじんざぶろう》」

三十郎は、目ぼしい人物を見つけては、半右衛門に知らせる。

「串田村の佐東甚三《じんざ》、怪我はないようじゃの」

聞くや、甚三郎は天を仰いで歓喜の叫びを上げた。

実を言えば三十郎は、名さえ呼んでやればいいと半右衛門に以前から言っている。だが、半右衛門は何か一言加えて名を呼んでやった。これを三十郎は、半右衛門が生来持つ武者らしい心根がそうさせているのだと感心していた。事務的な言葉は人の心を動かさない。

やがて三十郎は城道の先に、もはや声を掛けるべき者はいないと見るや、

「では坊、某《それがし》は先触れに参る」

馬を飛ばして中腹の館の方に駆け上がっていった。館の玄関前に着くと馬を飛び降りた。

「我が主《しゅう》、林半右衛門、ただ今帰陣致してござりまする」

「おお」

思わず床几《しょうぎ》から立ち上がったのは当主の利高である。それだけではない。勢いよく駆け出し、自ら城道に出て、半右衛門を迎えに行ったのだ。図書が不満な顔を利高に向けているのにも一向に気付かない。

こうなれば、重臣たちもぼんやり座しているわけにはいかない。重臣たちに従い図書も、不満

な顔のまま城道へと向かった。

「半右衛門、無事であったか」

群衆に囲まれながらやってくる半右衛門に、利高が声を投げかけるや、負傷兵たちは半右衛門を取り巻くのを止《や》め、一斉に跪《ひざまず》いた。

「図書を救うため、殿軍を買って出てくれたそうじゃの。礼を申すぞ」

利高は、ほとんどへりくだるような態度で半右衛門にそう言った。

利高がこうした態度に出るのは、半右衛門の武勇を買っているからだ、というのは単純に過ぎる。

戸沢家と林家とは言ってみれば同列なのである。林家だけではない。戸沢家の重臣を構成している者のほとんどが、戸沢家と同列と言ってよかった。

今の戸沢家の所領からみれば、かつての戸沢家はその一角を領する国人領主に過ぎなかった。これが近隣の国人領主を力で屈服させ、それを続けるうちに続々と傘下に入る領主たちが増えて今の立場にまで登り詰めた。

だが、傘下に入ると言っても、一朝にして、長年従った譜代の家臣のように、従順になるものではない。常に反乱分子として家中に存在することになる。

そこで、戸沢家を始め、のちに戦国大名に成長する者たちが取ったのが、盟主という立場である。これは国人領主として同列でありながら、名目上、彼らを代表するというのに過ぎない。

このため、国人領主たちは、傘下に入ったものの、それぞれの領地で政治上、経済上の施策を独自に実施し、戸沢家の介入を許さなかった。戦時における兵の動員もまた同然であった。戸沢家は、傘下の領主たちに動員命令を出すのではなく、動員の「お願い」をするのだ。もちろん、各領主たちは、その結果引き起こされる事態を恐れなければ、その「お願い」をつっぱねることができる。

盟主となった者たちは、やがてこの立場を脱する。傘下の国人領主たちが自領で行う施策に介入できる強権を有した戦国大名に脱皮し、強固な家臣団を形成するに至るのだ。その過程で大掛かりな粛清が行われることもざらにあった。しかし戦国末期になっても、この問題は家中にくすぶり続け、戦国大名たちにとって宿命的とも言える課題であり続けたのである。

利高のへりくだった態度は、同列の国人領主としての林家に対する態度なのである。

半右衛門の林家は、父、備後《びんご》の時代に戸沢家の傘下に入った。林家は、近隣では戸沢家に次ぐ所領を有していたため、備後のこの意向は他の国人領主たちに衝撃を与えた。以降、雪崩《なだれ》を打って、彼らは戸沢家の傘下に入ったのである。言わば、林家は戸沢家隆盛の恩人とも言うべき立場の家柄であった。

だが、これらのことは半右衛門が生まれたばかりのころに為ったことである。すでに父の備後は死に、世代が変わった。半右衛門にとっての利高は、主に似たものであった。利高の態度も、勇者としての自分を大事にする余りに出たものだと、半右衛門は解釈していた。

それゆえ、半右衛門は利高の言葉に心震わせた。半右衛門に声を掛けられ狂喜した地侍と同じ心境である。武名に対する執着の強さは、地侍どもの比でない。

それでも半右衛門は喜びを抑えた。馬から降りると、言葉を静めて諫言《かんげん》した。

「御屋形《おやかた》様、将の将たる者は無用の衆目に曝《さら》されてはなりませぬ」

「なんの」

利高はむしろ周りを囲む侍たちに向かって叫んだ。

「古今無双の武人を称《たた》えるに、何を遠慮することがあろうか」

これもまた、利高にとっての真実であった。往年の武辺《ぶへん》者たる利高は、半右衛門を我が子のように愛していたのである。

これには半右衛門もたまらなかった。

我が武辺をここまで賞揚されて、これをやらない戦国武者はいない。

泣いた。

それも盛大に、声を放ってあけすけに号泣した。三十郎も大声を上げて泣いた。周囲の者共もまた大いに泣いた。利高までが泣く始末であった。何事も派手にやるのがこの時代の流儀である。

この場に馳《は》せ付けた図書も例外ではない。危うく涙を見せるところであった。が、こらえた。

図書の党派の重臣たちもまた、必死になって泣くのをこらえた。

4

大いに泣けば、長々と引きずることはしない。半刻後、館の広間での軍議に臨んだ重臣たちは、すでに最前の武者面に戻っていた。

重臣は半右衛門を入れてわずかに八人である。先の戦で四人が戦死した。いずれも図書の先鋒に加勢し、後見していた者たちである。

（こいつら大丈夫か）

半右衛門もまた、よく光る目で、七人の重臣どもを睨《ね》め回している。

残った八人のうち、図書を含めた五人が図書の党派なのである。この者たちは、利高とともに碧山城を守備していた。五人が五人とも半右衛門が、

（阿呆め）

と蔑《さげす》んでいる無能者である。あとの二人は戸沢家譜代の重臣であるが、所領も小さく、軍議の形勢に従うだけが方針の者たちであった。

図書の党派の松尾石見《まつおいわみ》という者が、真っ先に発言した。小男で丸々と肥えた身体を持ちながら、目の下には隈《くま》を絶えず乗せている、絵に描いたような悪人面の中年男である。

この男は最近、戸沢家の傘下に入った。それだけに、できるだけ図書の意向に沿った意見を言おうとするはずである。

松尾は、上段の間の利高に向き直ると進言した。

「将士の半数近くを失った今、秋の刈り入れを終えた児玉家に総力を挙げて再び攻められれば、御家は滅んだも同然にござる」

（ほう）

半右衛門は半ば感心した。その通りである。先の戦は、互いに全軍を投入したわけではない。刈り入れ前の農作業に忙殺される百姓どもを根こそぎ戦場に駆り立てることはできないからだ。そんなことをすれば、困るのは武士たちの方である。それゆえ、味方兵力の二千強に対し、敵を五千と見積もったのだ。敵が総力を挙げれば、八千はゆうに超すであろう。一方、味方は全軍を

投入しても今回の戦で大幅に兵力を失ったため、負傷兵も含め同じ二千強の軍勢を出すのが精一杯である。

「それゆえ」

松尾は続けた。

「敵の虚を突き、刈り入れの終わらぬ今のうちに、総力を挙げて敵領内に攻め入るが得策にござる」

(馬鹿言うな)

半右衛門は、心中で罵《ののし》った。

(誰が戦うんだよ)

先の戦で生き残った兵が一千強はいるとはいえ、その多くは負傷兵である。とても使い物にならない。ならば、今すぐ村々から新たな兵を駆り出したとして、刈り入れは誰がする。仮に戦に勝ったとしても、敵を敗走させるのが精一杯のはずであり、敵の領内から米を根こそぎ奪うなど不可能だ。とすれば、翌年、我らは飢え死にするほかない。

(そういうことか)

半右衛門は理解した。松尾にも、この程度のことが見通せぬはずはない。

(図書のために、景気のいいことを打《ぶ》ちたいってことか)

となれば。

(図書は再戦に臨みたい腹だな)

そう察した。

それにしても腹立たしいのは、松尾である。

古来、自らを守るためだけに吐かれた積極策が、全軍に塗炭《とたん》の苦しみを味わわせる結果を導いた例は枚挙に遑《いとま》がない。

(ずるい奴だ)

松尾の意見が図書の意向を踏まえたものだと重臣のすべてが知っている。だからこそ、松尾の意見に異を唱える者はいなかった。一人を除いて。

半右衛門は、松尾の図書に似た、したり顔をぎろりと睨《にら》み付けるや、声を静めて言った。

「和議しかねえ。児玉家と手を組むんだ」

「ほう、功名漁り殿が和睦《わぼく》とは」

松尾は、あからさまに鼻で笑った。が、半右衛門は利高に向かって言葉を続けた。

「決定的な敗北を喫する前に、和議の掛合《かけあい》(交渉)に入るべきと存じまする」

「半右衛門臆したか」

口を挟んだのは図書である。いとも簡単に戦国武者に対する禁句を放った。臆した、逃げた等々、惰弱を示す言葉を相手に投げかけるのは、「これから殺し合いをしよう」と言うに等しかった。ましてて、半右衛門相手のことである。

「言いやがったなっ」

半右衛門は吠えるや、勢いよく立ち上がった。座の者どもが止める間もなく、すぐさま図書を殴りつけた。

我に返ったのは、重臣どもに羽交《はが》い絞《じ》めにされながら、「控えろ、半右衛門、図書」という利高の声を聞いたときである。

(やっちまった)

半右衛門は、図書の様子を見て、内心舌を打った。

図書が口から血を流しながら、滔々《とうとう》と意見を述べ始めたのだ。

「御屋形様、某《それがし》は籠城を進言いたしまする」

「馬鹿な」

半右衛門は叫んだ。

だが、図書には図書なりの戦略があるようであった。

「年貢のことごとくを詰めの城の米蔵に入れ置き、敵に備えれば、翌年の春まで兵糧は持ちましょう。春まで持てば、児玉家の者どもも田植えのため引き返さざるを得ませぬ」

と、図書は言うのである。

「冗談じゃねえぞ」

重臣どもに押さえ込まれながら、半右衛門は喚いた。

しかし、こんな状態で喚き続けているのは不利だ。何やら腕ずくで半右衛門が図書の意見を封じ込めようとしているかのような雰囲気になっていた。もっとも、初めから重臣どもは図書の意見に同意するはずだが、問題は当主の利高である。

(御屋形もこの雰囲気に流され、籠城に決するなどと申されるのではあるまいな)

半右衛門が図書を殴って我に返った瞬間、内心舌打ちしたのはこのためである。

半右衛門は、重臣どもを振りほどき、自席に戻った。

半右衛門を押さえていた松尾は、座を仕切り直すように大声を上げた。

「図書殿、妙案でござる」

手を叩かんばかりの調子である。

(愚策にも程がある)

半右衛門は、味方の負けがありありと見通せた。

なるほど、数に勝《まさ》る敵を退けるには、野戦よりも籠城戦の方が勝ち目が多いと言える。だが、籠城など後ろ巻《まき》(援軍)がいてこそのものである。後ろ巻を待ち、これが到着すれば城を打って出て、包囲する敵を挟み撃ちにする。これが籠城戦におけるごく一般的な勝ちの手順であった。

それゆえ、後ろ巻の到着という希望があればこそ、籠城兵は心を強くも持てたし、籠城の辛苦にも耐えることができる。それもないままに春までの百日以上を当てもなく城に籠《こも》るなど、兵の実態を知らぬ図書らしい進言であった。

籠城の要諦《ようてい》など、当時の武者どもにとっては常識だ。それでも重臣たちは誰一人として異議を唱えようとはしなかった。

だが、半右衛門はそれをした。

「籠城戦となれば御味方の負けは必定《ひつじょう》にござるぞ」

利高に向き直り、ずけりと言い放った。

すると、黙していた利高が、ゆっくりと口を開いた。

「わしは半右衛門の申す通り和睦としたい」

(雰囲気に流されなんだか)

半右衛門は安堵《あんど》した。だが、利高の意見の趣旨はむしろこれ以降にあった。

「しかし」

利高は続けたのである。

「和議を求めただけでは、掛合は不利に働こう。ここは籠城の構えを見せ付けた上で和議の掛合に入るべし」

(むう)

半右衛門は苦い顔でいた。一応に理はある。ただ頭を下げただけでは、和議の交渉で足元を見られるであろう。利高はそれを避けたいという。

「それゆえ」

利高が続けて言ったのは、一見、戦とは無関係な事柄だった。

「鉄砲試合を盛大に行い、我が領内の豊作を児玉家に知らしめるべし」

利高は宣言した。

これで、半右衛門は和議の進言を封じられた形となった。あくまで強気に出て和議の条件を引き上げるためには、初めから和議のつもりだ、などと言っていいはずがない。

「よいな」

利高も、半右衛門にそう念を押した。

「御意」

半右衛門は不承不承うなずくほかなかった。

無論、利高は籠城戦を実施するつもりである。

利高を当主とする戸沢家にとっては、和議など以《もっ》ての外《ほか》であった。和議を結べば、戸沢家は児玉家の傘下に入ることになるであろう。生き延びることはできるが、利高にとっては生涯を懸けた事業が崩壊することになる。到底受け入れられることではない。

また、和議といっても一時停戦程度のことで、幸いにして盟主としての立場を守ることができるかも知れないが、近隣の国人領主たちの反応はどうか。続々と児玉家に寝返っていくだろうことは、自らが盟主となった過程を振り返れば明らかである。そうなれば、戸沢家も児玉家に庇護《ひご》を求めざるを得なくなるのは自明のことだ。

従って、利高にとっては、勝ち目は薄いにしても、一戦を交える選択しかなかったのである。数に勝る敵に野戦はできない。残る選択肢は籠城戦しかない。

「この劣勢を挽回《ばんかい》するには、戦しか手はない」

利高は、すでにそう腹を固め、半右衛門を騙《だま》した。和議の掛合など敵から峻拒《しゅんきょ》されたと嘘《うそ》をつけば良い、とすでに腹を括《くく》っている。

もはや、籠城戦は必至であった。稲刈りが終わり農閑期に入れば、敵は全軍を催し、碧山城に攻め入るに違いない。


軍議が終わり、図書が装束部屋で甲冑を脱いでいると、利高が姿を現した。

すでに怒っている。

「図書よ」

利高は、図書にその場に座するよう命ずると、自らも座って言葉を続けた。

「何度も申したであろう。構えて半右衛門と反目してはならぬ」

戸沢家に次ぐ大家の林家に反目されれば、その土台は相当程度に揺らぐことになるであろう。ましで、戸沢家の命運が尽きるやも知れぬこの時期に、半右衛門に臍《へそ》を曲げられては、戸沢家に未来はない。

「よいな」

利高は念を押した。

図書は黙したままでいる。明らかに不満な様子であった。

利高は目をつぶり怒りを抑えていたが、ジロリと図書を見て言った。

「いまだお主、鈴のことで半右衛門に対し意趣を抱いておるのか」

利高が言葉を継ぐと、図書は一層身を硬くした。それに構わず利高は続ける。

「お前がどうしてもと申すから半右衛門の意向に逆らい、もろうてやったにも拘《かか》わらずあのような。半右衛門があれを知ればどうなることと思う。よいか、仲良うせよとは言わぬ。せめて反目だけはするな」

そう言い捨てると、下を向いたままの図書を残し、部屋から立ち去った。

(これが堪忍できるか)

図書は一点を見つめながら、かつてのことを思い起こしていた。

半右衛門が鈴の嫁入り行列に乱入したことを、盟主としての立場の弱さから利高は不問に付した。図書などは半右衛門の乱入を聞いた際はむしろ、いい気味だとほくそ笑んだものである。鈴と半右衛門がかつては想いを遂げた仲であることを図書は承知していた。それを図書はまんまと引き裂いたのだ。

(だが、あれだけは堪忍できるはずがない)

半右衛門がそれを知れば、易々《やすやす》とあの男は戸沢家に反旗を翻すに違いない。そのことを利高も承知し、恐れもしていたのだ。

図書は、急に顔を上げた。

「誰かある」

腹立たしげに言った。小姓が「ご無礼仕《つかまつ》りました」と慌てた様子で、部屋に入ってきた。

「御重臣の姫君がお待ちになっているとの報せが参りましたもので」

「うむ」

図書は表情も変えずにうなずいた。

「今宵《こよい》は誰じゃ」

「松尾様の御息女、純《すみ》様にござりまする」


図書が寝所に入ると、すでに純が枕頭《ちんとう》に座していた。

「ご無礼を省みず、まかり越してござりまする」

純は図書が入ってくるや平伏した。小刻みに震える肩が細い。若いのであろう。十五歳ぐらいであろうか。

「かまわぬ」

図書は、平生《へいぜい》と変わらぬ声でそう言うと、夜具の上にあぐらをかいた。「顔を上げよ」

純は、目を伏せたまま、ゆっくりと半身を起こした。頬が豊かで子供のようにあどけない。やはり十五かそこらの歳であろう。

「良い器量じゃな」

図書は、声音も変えずにそう言うと、十五の少女にとって解《げ》せぬことを言い出した。

「帰りなされ」

と、言うのである。

「家臣に送り届けさせるゆえ、屋敷へと帰りお休みなされ」

純は、ここではっと顔を上げた。図書の顔を見つめながら、追い縋《すが》るように言った。

「お心に違《たが》うことがござりましたのでしょうか」

瞳には涙さえ浮かべている。

（いつものことだ）

図書は心中で嘆息した。

城下の者たちの間で知れ渡っている通り、図書のもとには毎夜のごとく、重臣たちの息女が現れた。姉妹のことごとくを献上してきた者もいたし、娘がいなければ妻を寄越してきた者さえいた。だが、図書はどういうわけか、そのうちの誰一人にも手を付けようとはしなかった。

今夜も同じである。

「泣かずとも良い。大丈夫だ。父上にはわしからそなたを頂戴《ちょうだい》した旨《むね》、申しておくゆえ」

図書はここでにこりと微笑《ほほえ》んでみせると、純を立たせて部屋から出した。

「安心してお帰り」

純は廊下を行き、小姓の方へと向かった。小姓は遠慮でもしているつもりなのか、ひと間置いた先の廊下に端座している。図書と純に気付いて、立ち上がった。

「図書様」

部屋に戻りかけた図書にそう呼びかけたのは純である。

「ん」

そう言って図書が振り返るのと、純が図書に抱きつくのと同時であった。

小姓は唖然《あぜん》としている。

純は、図書の身体を放すと、もと来た廊下を足早に去って行く。

(お前も行けよ)

唖然とした顔から卑猥《ひわい》な顔つきになった小姓に顎《あご》で示すと、図書は部屋へと姿を消した。

(それにしても)

図書は襖《ふすま》を背にして小さく憤っていた。

娘を送り込んだ松尾のことである。松尾だけではない。これまで女を贈ってきた重臣どもに、

この男は憤っていた。

(俺がそんなことで喜ぶ男だと思っているのか)

毎度のことながら僅かに侮られたかのような気分になる。

(だがそれでよい)

図書は心中、口元を歪《ゆが》めるようにして笑った。

この男は自らが城下の者どもにどう思われているのか知っていた。

――城下の者どもは、わしが重臣どもの差し出す女子《おなご》を毎夜抱く、蛇のような男だと思うておるはずだ。小姓でさえもそうだ。

(それでよいのだ)

重臣どもが贈った女たちは、ことがことだけに図書に手を付けられなかったことを父や夫に知らせなかった。知らせれば、叱られるか、女子としての魅力がないと軽侮されるか、いずれにしても、女としての背骨を叩き折られるに違いないからである。それゆえ、図書が重臣どもの贈り物に手を付けないという事実は、女と図書以外知る者はなかった。

(俺を蛇のような男だと思っておれ)

――俺は女子など馬鹿にしきった男なのだ。相手の意思など一切無視して手を付けられる男なのだ。重臣どもの妻も娘も。そして。

(半右衛門から取り上げた鈴さえもな)

――この世の誰しもがそういう男だと俺を思え。

この男の心は、暗い充足感に酔っていた。

㊂

発光

1

戸沢家が、大敗を喫してからひと月後、碧山《みどりやま》城に続く道々は、米俵を積んだ荷車でごった返していた。秋の刈り入れが終わり、所領の百姓たちが年貢の上納に参上したのだ。

荷車の列は、城下町の西端に架かった橋で合流する。城下町を通過し、秋の紅葉で燃えるかのような碧山を、山頂の詰めの城に向かって登るのだ。

山頂の詰めの城の周囲には、ほぼ円形に十間程度の空堀が穿《うが》ってある。その空堀の内、城の前後に当るところに橋が渡してあり、これが詰めの城に至るわずか二つの道であった。籠城時にこの橋を落せば、敵は空堀に飛び降り、崖のような斜面を登らなくてはならなくなるはずだ。

年貢の積み入れは日の出と共に始まった。近隣の百姓どもは宵の内から橋の手前で待ち、開門と同時に荷車ともども入城した。

三十郎は、城下町に面した南側の「一の橋」と呼ばれる橋のほとりにいた。通過する荷車を押した百姓たちに指示を与えるためだ。米俵に刺した村名を記した札を見ては、「何番倉へ」と百姓に手際よく言い渡している。百姓たちは指示に従い、一の橋を渡り、詰めの城の南門を通過して、城の一角にある御城米蔵曲輪《くるわ》で指定の倉庫に年貢を納める。

「滞りないか」

半右衛門が、帳面に村名を記入している三十郎に訊《き》いて来た。

「いや、少のうござるな。この分では二千人も籠《こも》れば春になるころには古米ともども食い尽くしてしまうのではござるまいか」

当主、戸沢利高の「豊作」との言葉とは裏腹に、この年の米は不作であった。三十郎は帳面に目をやったまま厳しい顔でそう洩《も》らした。

すでに児玉家からは和議を峻拒する旨伝えてきたと、半右衛門は当主、利高から聞かされている。以後、半右衛門は三十郎に物見を出すのを欠かさぬよう命じていた。

「物見から何ぞ申しては来ぬか」

「異変あらば」

三十郎は、かなたの山を指差した。

「あの城山から狼煙《のろし》を上げる手筈《てはず》になっておりまする」

かつて戸沢家の城があった山である。勢力が拡大するにつれ手狭になったので、現在の碧山城に本拠を移した。城山と呼ばれるのは、その名残であった。

「うむ」

半右衛門もその城山を見つめていたが、ひとつ思い起こしたことがあった。

「ところで三十よ」

「ん」

「今年も鉄砲試合に出るつもりか」

「当り前じゃ。去年は熊井村の玄太という小僧に一等を持っていかれたからな。意趣返しをせねば腹の虫が収まらん」

三十郎は目を剝《む》いて吠《ほ》え立てた。

鉄砲試合は、今日開催されるのである。昼過ぎの未《ひつじ》の刻から開始する予定であった。

三十郎が、いつになく手際がいいのはこのためだ。さっさと会場に行き、空気の湿り気を感じつつ風の具合を見ておきたい。三十郎にとっては、戦などよりも鉄砲試合の方がよほど大事なようであった。

「また鼻の頭焦がせ。俺を笑わせろ」

からかうと半右衛門は、怒って喚《わめ》き立てる三十郎を尻目《しりめ》に逃げ出した。

逃げながら思い起こした。

(あいつ来るのかな)

小太郎のことである。あの妙な小僧は来るのか。

(ま、鷹場《たかば》に行けば分かるか)

戸沢家の鷹場が、鉄砲試合の会場である。すでに試合の用意を整えて、開始を待つばかりの状態のはずだ。

(一応、約束だからな)

たった一人の人間との出会いによって、その者の運命ががらりと変わってしまうことがある。しかし、出会った瞬間に、それを予知するのは不可能だ。半右衛門も同然であった。この男は、自らの運命を狂わす少年との出会いを軽く考えていた。

小太郎は、ひとりぼっちで城下町にいた。

城下町では、近隣遠方からやってくる年貢上納の百姓たちや、その他の領民たちでごったがえしていた。その人々で城下に立った市も盛況であった。

小太郎も、その雑踏の中に紛れ込んでいた。持参した鉄砲を肩に担いだまま、長い髪を靡《なび》かせ、物珍しげに店先の風車を飽く事もなく見つめている。

「おい、小太郎」

次の店先へと移ろうとした小太郎の前に立ちふさがったのは玄太である。玄太はいつもの通り、子分たちを十数人従えていた。

「よう村から出て来られたな」

玄太は弄《なぶ》るように言う。

小太郎はそれには答えず、

「わしも出るぞ、鉄砲試合」

生き生きと目を輝かせて言った。

玄太も子分たちも哄笑《こうしょう》せざるを得ない。

「出してもらえるものか。阿呆《あほう》のおのれなんぞ、御屋形様を的じゃと狙いかねんわ」

玄太の一言に、子分どもは追従の大笑で答えた。

「約束したぞ。試合に出してくれるって」

小太郎はそんな嘲笑《ちょうしょう》の中、笑みをさらに深くして言った。

「約束？　誰とじゃ」

「林半右衛門様じゃ」

「坊殿とじゃと。嘘をつけ」

半右衛門が嫌う呼び名は、玄太も知っている。そう一蹴すると、意地悪げに訊いてきた。

「おのれ小太郎、要蔵爺には何と断って出てきたのじゃ」

無論、断りもなく城下に出て来ている。小太郎は答えに窮したのか、顔を雲らせ黙りこんでしまった。

玄太たちにとっては、予想通りの反応である。要蔵爺のことさえ持ち出せば、小太郎はいかに微笑んでいても、忽《たちま》ちしょんぼりした顔になってしまう。子供たちにとって、これほど思い通りに操縦できる玩具はない。再びどっと笑った。

「坊殿に頼みごとなら貢物《みつぎもの》がいるぞ」

玄太は笑ったまま、そんなことを言い残して歩み去っていった。


(やはり来ぬのかな)

日が天辺から西へと傾き始めたころ、半右衛門は鉄砲試合の会場に置かれた床几《しょうぎ》に座っていた。刀を立てて柄《つか》で顎《あご》を支えながらぼんやりとそんなことを思っている。

すでに未の刻である。利高と図書以外の重臣はすべて揃っており、それぞれが用意された床几に座していた。しかし、あれほど鉄砲試合に出たがっていた小太郎という小僧は姿を現さない。

(あの爺様が城下に出すはずがねえか)

さほど気にも留めずにそう思いながら、会場を見渡した。

会場となる戸沢家の鷹場は、高地にあった。試合は、この高地を鉄砲の射場とするのである。

(御屋形も、何ともえげつのう的を遠くしたものよ)

半右衛門は、苦い顔で目を細めると、谷を隔てた向こう側の山の中腹に目をやった。的はその山の中腹に立てられている。射場から的までは九十間（約百六十メートル）ほどもあろうか。鉄砲の有効射程距離は五十間程度とされているが、火薬を多くすれば弾は飛ぶ。しかし、多くの場合、弾道が湾曲するため命中させるなど至難の業《わざ》であった。

しかも的の大きさは二尺（約六十センチ）四方だという。出場者には二回の射撃が許されていたが、よほどの巧者でも一度も当てられないのが普通であった。

（こりゃまた、三十郎の困り顔が見られそうだわ）

半右衛門は心中でほくそ笑むと、射場の方に視線を戻した。

昨日のうちから会場には、弾を撃つべき的の方角を除いた三方、つまりコの字形に、二十間の矢来《やらい》がそれぞれ立てられている。

いま、矢来の外では城下町にやってきた百姓領民が、数少ない娯楽を得ようと犇《ひし》めき合っていた。矢来の内側の一角では、すでに出場者たち四十人程度が、草の上にあぐらをかいて試合開始の時を待ちわびている。

出場者は明らかに武士と分かる者、猟師、百姓、その他の領民など雑多である。年齢もまた幅広かった。その中に三十郎もいる。

（あのじじい、餓鬼を睨み付けてやがら）

半右衛門は、ちょうど反対側の矢来の内側にいる三十郎の大人気ない態度に眉を顰《ひそ》めた。

三十郎の睨んでいる少年が、例の昨年の一等、玄太なのだろう。玄太らしき少年はさすが昨年の一等らしく、三十郎の睥睨《へいげい》を横目で見ながらも涼しい顔でいた。

やがて、大太鼓が勢いよく鳴らされると、矢来の中に当主の利高と図書が入って来た。大太鼓の音が的場の山にこだまする中、半右衛門を始め重臣一同は、床几から立ち上がってこれを迎えた。

利高と図書の床几は、矢来の内側で横一列に並ぶ重臣たちの中央に用意されている。図書は半右衛門の隣の席次となるはずであった。

利高が床几の前に来ると、大太鼓の音が止んだ。すると利高は、出場者およそ四十人に向かって、大声で言葉を掛けた。

「本年の豊作を祝い、恒例の鉄砲試合を執り行う。一同、日頃の修練の成果を存分に発揮せよ。皆、励め」

言い終わるなり、矢来の外にいた観客からどっと歓声が沸いた。小太鼓を乱打して狂乱している者もいる。矢来を引き千切らんばかりに揺らし警護の兵に叱られている者もいた。

歓声がひとしきり終わると、呼込みの者が、出場者を呼び出した。

「一番、林家家中、藤田三十郎殿。出られませい」

「応《おう》」

三十郎は、玄太を睨んだまま吠えた。

(いきなり、三十か)

半右衛門は鼻で笑った。

三十郎は自慢の左構えの鉄砲を携えて胸を張るや、所定の位置に向かった。その懸命な顔が、半右衛門にとっては堪《たま》らなくおかしい。

半右衛門に笑われているとも知らず、所定の位置に付くと三十郎は僅《わず》かな間、的を見つめた。

山腹に据えた的の傍《そば》には、検分役の者が二名待機しており、弾の当り外れを旗で知らせる手筈《てはず》になっていた。そのうちの一人が、二本の旗を両手に持って大きく振り、もう一人が鉦《かね》を急調子で鳴らした。

開始の合図である。

「始め」

呼込みの者が叫んだ。

合図とともに三十郎は、視線を手元に落として弾込めにかかった。

まず、鉄砲とともに携えていた早合《はやごう》と呼ばれる一発分の玉薬《たまぐすり》（火薬）を入れた紙包の封を開いた。通常であれば、三グラム程度がこの中に入っている。しかし三十郎は、射程を長くするため、これより僅かに多い強薬を用いていた。

次いで銃口を上にして、そこから玉薬をざらりと流し込んだ。その上から弾を押し込む。弾は一般的な三匁《もんめ》五分弾を用いた。銃身の口径と弾の直径はほとんど同じであるため、槊杖《さくじょう》という付属の棒で力任せに突っ込まなければならない。

弾込めが終われば、次に火皿に口薬《くちぐすり》（これも火薬）を盛る。口薬も玉薬と同じく火薬だが、西洋の火縄銃と異なり、国産のものは銃口から入れる火薬と、火皿に盛る火薬が違う。同じ黒色火薬だが火皿に盛る方が、細かい粉末となっているのだ。このため、わずらわしいが、銃口から入れる火薬を玉薬、火皿に盛る火薬を口薬とわざわざ異なる名称としているのである。西洋のものは、玉薬も口薬も同じものを用いる。

火皿に盛るのは耳かき一杯程度の口薬だ。三十郎は、ごく微量の口薬を盛ると一度火蓋《ひぶた》を閉じた。火蓋を開き、引き金を引くと火縄が火皿に叩き付けられ、口薬に着火し、この火が銃身内部の孔《あな》を通じて玉薬に引火、弾が飛び出る仕組みである。

三十郎は、大きく窪《くぼ》むほどに左の頬を銃床へと押し付けて鉄砲を構えると、火蓋を切った。すでに左の指は引き金に掛かっている。

銃口の先に付いた先目当てと、手元の前目当て、そして的が一直線に並ぶように構える。的の傍に鉄製の楯《たて》がふたつ並んでいるのが見えるが、これは検分役の被弾防止のためのものであった。

三十郎は息を整えた。僅かな間ではあったが、観客にとってはじりじりするほど長い時間に思われた。ついに心機が整ったと見るや、三十郎は引き金を引き、鉄砲を激発させた。

耳を劈《つんざ》く轟音《ごうおん》とともに、弾丸は向こうの山へと吸い込まれていった。やがて銃声のこだまが終わったころ、的を立てた山の中腹で白旗が上がった。上がるや、矢来の外の観客からどっと歓声が沸き起こった。

「的中」

呼込みの者はそう宣言した。白旗は的中、赤旗は外れの合図である。

「見たか、坊」

三十郎は半右衛門に向き直るなり、そう吠えた。

(うるせえな)

半右衛門は全然面白くない。

「見事見事、早う次をやれ」

耳をほじくりつつ、野太い声で言った。

二発目を撃つ際、三十郎に欲が出たらしい。

何しろほとんど当ることのない的を一度で的中させたのである。二度とも的中させられれば、今年の一等はまず間違いあるまい。

三十郎は、欲がもたらす動揺とともに、二発目の弾を発射した。

当然、山腹で上がるのは赤い旗である。

「くう」

三十郎は、鉄砲を握り潰《つぶ》さんばかりに悔やんだ。

半右衛門が待っていたのはこれである。指差しながら大笑を発した。それに釣られて観客たちからも笑い声が上がった。

呼込みの者が、次の出場者の名を呼んだ。いつまでも悔やみ続ける三十郎に退場を促したのだ。

2

三十郎は快進撃を続けた。と言うのも、以降続く出場者が、誰一人として一度も的中させることができなかったのである。

やがて、出場者は最後の一人となった。最後は、昨年の一等と決まっている。

「次、昨年の一等、熊井村玄太殿」

呼込みが声を上げるや、玄太が連れてきた子分はもとより観客たちもが、わっと声援を送った。

「応」

玄太は声援の中、悠々と射撃位置へと歩みを進める。

玄太の弾込めは風格さえ漂わせていた。固唾《かたず》を呑《の》んで観客たちが見守る中、悠然と火薬を仕込み、弾を込め、構える前には湿らした指を立てて風向きを確かめる余裕さえ見せた。

(三十め、こりゃ危ういかもな)

半右衛門は、玄太の様子に小さく驚きを覚えつつそう思った。

だが、予想は外れた。玄太の一発目の弾丸は的を逸《そ》れていったのだ。

「よっしゃ」

大声を上げたのは、三十郎である。

こういったところ、三十郎は当時の男であった。戦国期の男は慎むということを知らない。敵が的を外せば勝つというのであれば、素直に外したことを喜ぶ。敵の失策を喜ぶなど下品であるといったせせこましい理念はない。むしろ本能に従って、陽気にこれを喜んだ。

しかし、それに対する世間の反応もまた、本能的なものである。観客たちは、「やかましいぞ、じじい」「黙ってやがれ」といった遠慮会釈もない罵声《ばせい》が、三十郎に向かって殺到した。

(情けねえ)

半右衛門は複雑な気分でいる。三十郎が観客たちにやり込められているのは笑えるが、自分の家臣がああもやっつけられるのはどうか。しかもやっつけているのは、ほとんどが領民どもである。子供さえいるようだ。隣にいた図書は、にやにやと笑ってこちらを向いてくる。

(あの馬鹿じじい)

図書に返す言葉もないまま、そう頭を抱えるうちに鉦が鳴った。

玄太が次の弾込めを終えたのだ。

三十郎の大声に、この少年だけは平常心を保った。喚き立てる観衆が収まるのを悠々と待ち、やがて鉄砲を構えると充分に狙いを定めて撃ち放ったのだ。

観客たちが注目する中、玄太は見事、白旗を獲得した。

「くう」

三十郎は、再び悔しげな声などを上げている。観客たちも、再び三十郎に罵声を浴びせた。

図書が半右衛門の方に、にやついた顔を向けた。

「後は、三十郎とあの小僧の一騎打ちということか。だが、この様子では今年も一等はあの小僧のようじゃやな」

「ああ」

半右衛門は前方を見据えたまま、面倒くさそうに答えた。

そこに、「こら小僧」と警護の者の大声が聞こえてきた。

(何じゃ)

声の方を見ると、髪を振り乱しながら矢来によじ登ろうとしている闖入《ちんにゅう》者がいる。

半右衛門には、手足の細長いこの小僧に見覚えがあった。

「小太郎」

半右衛門は声を放った。

小太郎は、声の方を向き、半右衛門を見付けると、大きく笑みを浮かべてしきりにうなずいた。

「構わん、入れてやれ」

半右衛門は、小太郎を押し戻そうとしていた警護の者に命じた。

「小太郎、遅かったではないか。試合はもう終わるところだぞ」

そんな半右衛門に、不審な顔の当主、利高が「何者だ、あれは」と訊いてきた。

半右衛門は、熊井村の猟師に助けられたことをすでに利高には伝えている。

「その地鉄砲（猟師）の孫でござるよ」

そう改めて説明した。

小太郎は、のそのそと半右衛門の方へとやってきた。玄太が送る怒りの視線に気付きもしない。

利高は、こちらに近付いてくる小太郎の体軀《たいく》を見て、「ほう」と小さく声を洩らした。細くはあるものの、長身である。子供の体格ではない。

「はい」

小太郎は、半右衛門の前で止まると、鉄砲を持っていない右手を差し伸べた。その手には風車が握られていた。城下の店で買い求めたものなのだろう。

「何じゃ、これは」

「貢物。玄太がな、貢物がいると教えてくれたんじゃ」

玄太にとっては意地悪以外の何物でもなかったが、小太郎はそれを真に受けた。

無論、半右衛門には意味が分からなかったが、

「ありがとよ」

笑って受け取ると、床几から立ち上がった。次いで利高に向かい、片膝を付いた。

「御屋形様、この者、熊井村の小太郎が腕前を御覧に入れたく、御裁可いただきとう存じまする」

「あい分かった。早速仕度せよ」

それでも小太郎は、きょとんとしたまま立ち竦《すく》んでいる。しばらくの間、利高と半右衛門の顔を見比べていたが唐突に、

「いいのか、出ても」

と、大声で問うてきた。

(分かってなかったのかよ)

半右衛門は心中、苦笑しただけだったが、観客たちはそれを表に出した。どっと笑った。中には、小太郎のことを知っている者もいて、その阿呆ぶりを教えさえしている。

「何じゃ、少し足りない奴か」

そんな調子で観衆の皆が笑った。

半右衛門は、小太郎に向かって笑みを向けて言った。

「おう、お前で最後だ。腕を見せろ」

「うん」

小太郎は喜んで駆け出したが、どこが射撃する位置なのか分からない。呼込みの者に指示されて、所定の位置に付いた。その姿にも観衆の嘲笑は向けられた。

呼込みの者は、大声で山腹にいる的の検分役に呼び掛けた。追加の出場者が出たことを伝えねばならない。

検分役の二人は、これまでと同じく的の傍で旗を振り、鉦を鳴らした。

「始め」

呼込みの者の大声が放たれるや、小太郎は弾込めを始めた。

(へえ)

半右衛門が小さく驚いたのは、その素早さである。早合の封を破って玉薬を流し込む所作といい、弾を押し込む動きといい、一連の動作が流れるようで澱《よど》みがない。

これには観衆も小さな驚きの声を洩らした。

もしや。

とでも言いたげな、小さな歓声である。

ただ、小太郎の表情を見ると、ほとんど呆《ほう》けたかのような顔でいる。

観衆たちは歓声を上げていいやら収めていいやら戸惑うほかない。

小太郎は、一分ほどで弾込めを終えた。ゆっくりと銃口を的に向けると、右手の人差し指を引き金に掛けた。

途端、

「小太郎」

声が飛んだ。

小太郎は、その声に身を固くした。

その声を小太郎が聞き紛うはずがない。祖父の要蔵のものである。

「小太郎、何をしておる。すぐに帰るのだ」

要蔵は矢来の外から、怒声さえ発していた。

半右衛門はとっさに立ち上がった。早足で要蔵の方へと行き、矢来ごしに要蔵と向き合った。

「試合ぐらい構わんだろう。何故、そうも小太郎を縛り付ける。じい様が小太郎の覇気を奪っているのが分からねえのか」

「余計なことを申すな」

要蔵は目を剥くと、そう鋭く言った。ここで背後の気配に気付いた。警護の者が数人、要蔵の後ろに立っている。これ以上苦情を申し立てるようなら、力ずくで黙らされてしまうであろう。

沈思していたが、やがて要蔵は、諦《あきら》めたように小さく息を吐いた。

「よかろう」

次いで、立ち竦む小太郎に向かい、

「小太郎よ、いつもの通りその種子島で腕を見せよ」

小太郎は厳しい顔でうなずくと、再び鉄砲を構えた。

(妙だな)

半右衛門は、要蔵の言葉に違和感を感じた。

(いつもの通り、とは何だ)

いつもの通りでないことがあるとでも言うのか。

床几に座した半右衛門は、そう黙考しつつ小太郎を凝視した。

小太郎はしばらくの間、息を整えていた。やがて息を整え終わると、静かに引き金を絞り込み、
轟音と共に撃ち放った。

(どうだ)

銃声のこだまの中、半右衛門が的のある山腹の方に目をやると、弾が楯に跳ね返る鋭い金属音が響いてきた。検分役の者がその楯から姿を現すのが小さく見える。手に持った赤旗を上げて、大きく振った。

「外れ」

呼込みの者が叫んだ。

観衆から、ため息ともつかぬ、どよめきが起こった。玄太は鼻で笑いながら小さくうなずいていた。

半右衛門もまた、自嘲気味に笑みを洩らした。

(深読みが過ぎたか)

うなだれている小太郎を見つめながら、そう思った。ふと要蔵の方に目をやると、まるで関心がないかのごとく無表情でいる。

「次」

鉦が鳴る中、呼込みの者が声を放った。

小太郎は再び澱みのない動作で弾込めを終え、鉄砲を構えた。

(こりゃ駄目なはずだ)

半右衛門はすでにして興を失っている。

鉄砲を構える姿に美しさがない。武器を使っての武術の構えは、技が磨かれれば磨かれるだけ、理に適《かな》った美しさも増してくるものだ。

しかし、小太郎のそれは美しいとは到底言えぬものであった。素人が初めて武技の型をやらされたような、ぎこちない様子が滲《にじ》み出ている。

(あるいは、あのじい様の前だから、ああなのか)

そう思ううち、再び鉄砲を放つ轟音が響いた。的がある山腹の方に目をやると、二度目の鋭い金属音が聞こえてきた。

(やはり外したか)

「外れ」

半右衛門が小太郎に視線を移すと、少年は呆然《ぼうぜん》と的の方に向いたままでいる。

赤旗が振られる中で、呼込みの者の声がそう放たれた。

「小太郎、来るのだ」

要蔵が矢来の方から声を掛ける。小太郎は足を引き摺《ず》るようにして、声の方に歩みを進めた。

重臣たちの席では、図書が半右衛門の方に頭を傾けながら揶揄《やゆ》するように言葉を発してきた。

「斯様《かよう》な者が試合に出るのをわざわざ御屋形様に進言するとはな、半右衛門」

半右衛門はじろりと図書の横顔を睨み付けた。それでも図書は構わず、これ見よがしに笑って言った。

「見事なものよ、何せ二発とも楯に的中させたのじゃからな」

だが、図書のこの一言が、半右衛門を刮目《かつもく》させた。

——図書の馬鹿の言う通りだ。

弾は同じ方向へと逸れていったのに違いない。ならば小太郎に何かしらの変化を与えれば的中させられるのではないか。

半右衛門は思い起こした。三十郎の種子島を見た際の、あの異常なまでの要蔵の剣幕。我らのことは忘れよと、わざわざ言ったあの不審な態度。

(あのじい様は、隠している)

思うなり叫んだ。

「小太郎、待て」

次いで三十郎に向かって、「三十、おのれの種子島を持ってこい」と命じながら、小太郎の方へと駆け出した。「御意」と三十郎もその方へと走り寄る。

この半右衛門の様子に、要蔵が反応した。

「小太郎、来るのだ」

とっさに矢来を摑《つか》んで叫んだ。

小太郎は試合場の中央で、立ち竦んでいる。

半右衛門は、小太郎の眼前に立ちはだかると、馳せ付けた三十郎から左構えの鉄砲を受け取った。

「小太郎、左構えの種子島を撃ったことはあるか」

小太郎はかぶりを振った。

「ならばこれでもう一度やってみよ。左構えの種子島で撃ってみるのだ」

小太郎は、半右衛門の勢いに恐る恐るうなずいた。

3

「小太郎、ならん」

要蔵は叫び続けていた。尋常の振る舞いではない。もはや矢来に足を掛け、警護の者に押さえられながらも、乗り越えようとさえしている。

「じいの申すことが聞けぬか」

「じいっ」

身体ごと要蔵の方を向いて大声を放ったのは小太郎であった。

「じい、わしは阿呆なのじゃ。じゃからわしは皆と仲間になれんのじゃ。わしは人並みになりたい。わしは皆と同じになって皆と仲間になりたい。人並みになりたい」

瞳に涙をいっぱいに溜《た》めて訴えた。

矢来を摑む要蔵の手から力が抜けた。と同時に、警護の者が要蔵の腕をねじ上げた。

この老人は、確かに小太郎が他の子供たちと接触するのを禁じていた。だが、それは小太郎が阿呆だからでも、皆から阿呆扱いされるからでもない。

「違うのだ、小太郎」

要蔵は、苦痛に顔を歪《ゆが》めつつ背を丸めて呟《つぶや》いた。

「おのれは人に劣るどころか、種子島を取っては誰もが及ばぬ絶人なのだぞ」

そう地面を凝視し続ける要蔵の前に、左構えの種子島を持ったままの半右衛門がやって来た。

半右衛門の影に気付いた要蔵は顔を上げ、その姿を凝視した。

「放してやれ」

半右衛門は警護の者に命じた。要蔵は息をはずませながら背筋を伸ばした。

矢来を挟んで、半右衛門と要蔵が対峙《たいじ》した。

「いつ判った」

訊く要蔵に、

「なぜ隠す」

半右衛門は問い返した。

そこに、鉦の音が響いてきた。的の用意が整ったのだ。

「いかがした半右衛門、その小太郎とやらに今一度、撃たせてみせよ」

利高が苛立《いらだ》った様子で命を下した。

利高の声を聞いた要蔵は、意を決した様子で目を閉じた。再び目を開け半右衛門を見上げると、

「こうとなれば仕方がない。おのれは信じられぬものを見るぞ。神の宿った腕を今こそ見るが良い」

半右衛門は無言のまま要蔵を睨み返していた。やがて要蔵に背を向けると小太郎の方へと戻っていった。

「撃ってみよ」

少年のところに来るや、その眼前に左構えの種子島を突き出した。鉄砲を渡し終え、床几に戻るため少年に背を向けた。

その途端、
ぼっと背後で強烈な光が発せられるのを感じた。とっさに振り向いた。

（これは）

半右衛門は危うく目を覆うところであった。

黄金に輝く少年を、半右衛門は確かにその目で見た。

ざわざわと乱髪を逆立て、左手に種子島を提《さ》げたその輝く姿は、到底この世の者とは思えない。

さらに半右衛門にとって驚くべきはその種子島であった。左構えの種子島は、生まれ落ちたその時から、少年の左手に生えていたかと見紛うほどに馴染んでいたのだ。

小太郎自身にとっても驚きなのであろうか、引き金を左の指から離すと鉄砲を再び両手で持ち直し、まじまじと見つめている。

（もしやあれか）

半右衛門はまばゆさに目を細めながら考えた。

武器を持って戦う武術の場合、それを極めれば、武器はその者と一体化したかのような錯覚をもたらすという。故事に、武術を極めた途端、その武器が消えてしまったなどという話が頻出するのは、この妙を伝えんとしたものだ。

（あれなのか）

視線を逸らせた半右衛門が、再び小太郎に目をやった時には、少年の姿はすでに元へと戻っている。

（――幻）

観衆たちにも小太郎の異変は伝わったものらしい。玄太を始め、出場者たちも固唾を呑んで小太郎の挙措を見守った。

「始め」

呼込みの者の声が飛んだ次の瞬間、半右衛門は、現実の小太郎の姿にも、言葉を失わざるを得なかった。

呼込みの声が発せられるや、小太郎はこれまでとは比べものにならぬほどの迅速さで弾込めを始めたのだ。

火縄銃は速射を旨とすれば、一分間に五発の弾を撃つことが可能だという。現在でも、古式に則《のっと》りながら、それを可能にする者がいる。小太郎がやったのは、これであった。

もはや速いなどと言う程度のものではない。ほとんど無造作とも言うべき所作で、瞬く間に玉薬を銃口に流し込み、弾を押し込み、火皿に口薬を盛り、火蓋を閉じた。火蓋を閉じるや、すぐさま鉄砲を構えた。

左構えの鉄砲である。小太郎は左肘《ひじ》を大きく張りながら左手の指を引き金に掛け、左の頬を銃床に押し付けた。

しかし半右衛門が、小太郎の鉄砲を構える姿を目視できたのは僅かの間のことだった。小太郎はろくに狙いも定めず、鉄砲を構えると同時に火蓋を切るや、引き金を引いて激発させたのだ。

(当るのか、それで)

轟音の中、半右衛門は山腹に目をやろうとしたが、小太郎の姿に思わず目を奪われた。

(むう)

すでに小太郎は、次の弾込めに移っていたのだ。山腹の的など、すでに忘れ去っているかのようであった。

そんな小太郎の背景となる山腹で旗が上がった。

旗は、白い。

(なんと)

半右衛門は声を発することさえできない。

観衆も同然である。

「的中」

呼込みの大声に我に返るなり、観衆はどよめきのような喚声を上げた。

このときには、小太郎は次の弾込めを終えていた。開始の合図の鉦はまだ鳴らない。

「待て」

呼込みの者は叫んだ。

だが、小太郎は再び鉄砲を構えるや、瞬時のうちに引き金を引いた。鉄砲を放ち終えた小太郎は、銃声が依然こだまする中、ゆらりと身を翻す。向かったのは、半右衛門の方であった。またも的の方を見ようとはしなかった。

だが、半右衛門は見た。

悠然とこちらに向かってくる小太郎の背後で、白旗が翻るのを。

「的中」

呼込みの者の声と同時に、一層大きさを増した喚声が試合場で爆発した。三十郎は、呆けたように天を仰ぎ、玄太は地を睨んだまま歯嚙《はが》みした。

「見事じゃ」

大声を上げたのは当主、利高である。床几から勢いよく立ち上がると、こちらに向かってくる
小太郎に呼びかけた。

「今ひとつ腕を見せよ」

天を指差し、

「あれなる鳶《とび》を撃ち落せるか」

と、問うた。

小太郎は立ち止まり、要蔵の方を窺《うかが》うように見つめた。

「造作《ぞうさ》もないこと」

要蔵はそう諦めたように呟くと、小太郎に向かって呼ばわった。

「小太郎、もはや同じことじゃ。やって見せよ」

小太郎は小さくうなずき、再び射撃位置へと戻った。弾込めを瞬く間に終えるや、天を見つめた。鉄砲は左手にぶら下げたまま、撃つそぶりも見せない。

風が吹いてきた。

小太郎の小袖《こそで》がはだけるほど靡き、髪は生き物のごとく乱れた。

だが、小太郎は顔色一つ変えることなく、風に煽《あお》られ不規則に移動する鳶を見つめ続けていた。

傍目《はため》から見れば、ほとんど阿呆のような面である。口からは涎《よだれ》さえ垂れてきている。

(だがな)

半右衛門は、その姿に畏《おそ》れさえ抱いた。

――無心な者は必ずこの顔を見せはしないか。

（これなのだ）

半右衛門は合点がいった。

小太郎の狙撃手としての才にである。

この少年は、動揺するということがほとんどない。これが他人には無反応と見られ、阿呆とも思われる原因になっていた。

この少年は、人としての正常な反応を置き忘れて生まれてきていた。外部から浴びせられる悪意や嘲弄《ちょうろう》に対して正確に反応するといった普通のことができない。

だが、天がそれと引き換えに、この少年に授けたのは、狙撃手にとって不可欠の才能であった。

それが揺るがぬ心である。

鉄砲や矢などの飛び道具における最大の禁忌は心を波立たせ、集中力を失うことである。

（ならば、この小僧は必ず、鳶を仕留める）

もはや関心がないかのように、半右衛門が厳しい視線を和らげたとき、小太郎が動いた。

素早く銃口を天に向けるや、引き金を引き、弾を撃ち放ったのだ。

その刹那《せつな》、

「ごめん」

と小太郎が小さく言ったのに、気付いた者は誰もいなかった。

観衆の頭上に銃声が響く。

鳶は一瞬動きを止めたかと思うと、回転を繰り返しながら小太郎の足元へと落ちてきた。

途端、歓声の高まりは一気に極へと達した。わっと、観衆は狂乱したかのごとく意味不明の大声を発し、互いに顔を見合わせ、声の大きさを競い合った。歯嚙みしていた玄太も、もはや悔やむのを忘れて、絶句していた。

半右衛門も視線を和らげたまま、小太郎の姿を見つめ続けていたが、当然の疑念が湧《わ》いた。

(何者なのだ、此奴等《こやつら》)

半右衛門は、要蔵に視線を移しつつ考えた。この老人は、表情も変えずに小太郎の妙技を見届けていた。

(じい様が隠そうとしたのは、この小太郎の技量に違いない)

——それが、この者どもの素性と関わりがあるのか。

半右衛門がそう心中首を傾《かし》げるうち、利高がまたも「見事」と声を放った。

「褒美を取らせる故、これより登城せよ」

言うや小袖を翻し、席を後にした。

半右衛門は、要蔵の表情を見逃さなかった。

(やはり小太郎を公にしたくないのか)

小太郎を羨《うらや》む観衆のどよめきの中、要蔵だけは苦い顔でいた。

4

小太郎と要蔵は、碧山の中腹にある館の大広間に通された。

板敷きの広間に、半右衛門を始めとする重臣たちが左右に居流れる中、小太郎と要蔵は、その中央に進み出た。

小太郎は、半右衛門を見付けると、あけすけに大きく微笑んだ。

（こりゃ、いけねえ）

半右衛門は、心中で眉を顰《ひそ》めた。やはりこの少年は普通ではない。神妙な顔をするという発想がないらしい。半右衛門は渋い顔で小太郎に笑みを返して見せた。

「御屋形様のお出ましにござる」の声とともに、当主、戸沢利高が上段の間に姿を現した。

広間の一同は平伏で応える。小太郎もまた要蔵に頭を押さえられて平伏した。

図書に相対して重臣筆頭の席次にいた半右衛門は、やおら半身を起こし、膝をずらして利高に向き直った。

「これなるは、熊井村の地鉄砲、小太郎とその祖父、要蔵にござりまする」

利高はうなずいた。

「直答《じきとう》を許す。小太郎とやら、地鉄砲と聞いたが」

「うん」

小太郎は、大きくうなずいた。

（うんじゃねえだろ）

すでに重臣どものなかには、眉を吊り上げている者もいる。またある者は、失笑を洩らしていた。その胸の内に共通しているのは、

「こいつ、少々足りぬらしいな」

という侮蔑《ぶべつ》の気分である。

ここで利高は盟主としての態度を保った。微笑みを絶やさず言葉を掛けた。

「どうじゃ、わしの直参《じきさん》とならんか」

利高直属の家臣にならないか、というのである。

「申し上げまする」

無礼にも顔を上げ、利高に向かって声を投げかけたのは要蔵である。

「これ」

図書が語気を鋭くして叱り付けたが、利高は甥を手で制した。

「申してみよ」

要蔵は両手を床に付いたまま言上した。

「孫は少々知恵が足りず、勇気も足り申さず、ただ種子島を少々得意とするのみにござりまする。武家奉公など到底おぼつきませぬ」

暗に利高の申し出を断った。

「無礼者」

図書はほとんど激昂《げっこう》して喚いた。領主の誘いを突っぱねるとは何事か。

（馬鹿だなあ）

半右衛門は、図書の激昂に苦笑を洩らした。

（御屋形が本気な訳ねえだろが）

半右衛門の見るところ、利高には小太郎を家臣の列に加える気など毛頭ない。ただ、近い将来この少年が大人になった時、他家が雇わぬよう牽制《けんせい》したに過ぎないのであろう。

いかに鉄砲を奨励しようとも、鉄砲など合戦における脇役でしかない。軍勢の駆け引き、刀槍を以《もっ》ての武者働きが主役である。この点、半右衛門も利高も当時の武将たちと変わりがない。鉄砲を主力として扱うのは、織田信長の出現以降だ。ちなみにこの時、信長は二十三歳で、尾張半国を平定するのに汲々《きゅうきゅう》としていたころである。

さて、碧山城。

半右衛門の睨んだ通り、利高は笑みを失わず鷹揚《おうよう》に構え続けていた。

「良い良い。小太郎とやら」

「うん」

「地鉄砲のままで良いと申すか」

「地鉄砲がいい」

小太郎は、さらに笑みを大きくして答えた。

利高は大きくうなずいた。

「聞けば半右衛門を救うたはそこもとじゃそうな。気が向けばいつでも良い。当家へ参れ」

言い終えると、図書に目顔で促した。図書はそれに応じて用意された言葉を発した。

「褒美を取らす。小太郎とやら、御前に進み出よ」

小太郎が受け取ったのは、三十郎が利高に献上した左構えの種子島である。

小太郎はうれしげに要蔵の方を振り向いた。

（やはり喜びはせぬか）

半右衛門の睨んだ通り、この祖父は、暗然とその種子島を見つめたままでいた。その表情は苦しげでさえあった。


拝謁を終えた小太郎と要蔵が、半右衛門に伴われ館を出たのは夕暮れ時であった。

「小太郎、先に行っておれ」

要蔵の命に、「うん」と返事をするや、小太郎は夕日で朱に染まった城道を駆け下っていった。胸には、左構えの鉄砲を大事そうに抱えている。

要蔵は、道のかなたに小さくなっていく小太郎を、しばらくの間、立ち止まったままで見届けていた。半右衛門も言葉を発することなく、要蔵の横で佇《たたず》んでいた。

やがて歩を進めると、静かな調子で言葉を発したのは要蔵であった。

「なぜ隠すと言ったな」

「ああ」

半右衛門も城道を下りつつ答える。

「我らが名は鈴木という」

「鈴木」

半右衛門には、とっさには分からなかった。

だが、要蔵が、そうかとでも言うように小さくうなずいて続けた言葉に、半右衛門は驚愕《きょうがく》せざるを得なかった。

「他国の者には、雑賀《さいか》と言った方が通りが良いか」

聞いた途端、半右衛門ほどの男が、思わず僅かに身を震わせた。

(なんと雑賀衆の者か)

半右衛門だけではない。戦国に生きる者であれば誰であれ、戦慄《せんりつ》をもってその名を聞いたはずである。

――雑賀衆、
とは、現在の和歌山市を中心とする一帯に威を振るった鉄砲傭兵集団である。鉄砲についていまだ懐疑的な当時の武将たちも、その雑賀衆の鉄砲における精兵ぶりには舌を巻き、彼らを敵に廻すことを極度に恐れた。

「諸家が争うて雇うというあの鉄砲集団の者か」

半右衛門は、馬鹿のように当事者に向かって解説を加えている。

「そうだ」

要蔵はいささか不遜《ふそん》とも言える態度で答えた。

要蔵のこの態度は、自らの腕への自信だけに起因するものではない。

要蔵がかつて暮らした紀州(現在の和歌山県の大半)雑賀の地は、十六世紀の前半から地侍たちが中心となり、惣国一揆《そうこくいっき》なる自治組織を組んでいたのだ。この点、同じ惣国一揆を組んでいた伊賀と仕組みは同じである。

紀州におけるこの惣国一揆は、現在の和歌山市に当る、雑賀荘、十ケ郷、中郷、社家郷、南郷の五つの組から構成されている。このため雑賀五組などとも呼称された。そのうち、十ケ郷から鈴木孫一、のちの講談でいうところの雑賀孫一が輩出した。

雑賀衆は、五組の代表者が合議の上で衆としての方針を決め、雑賀五組に住む者たちは、その決定に従うという形態で運営されていた。とはいえ、五組の代表者が雑賀衆を支配しているわけではない。五組の代表者は各村々の決定事項を持ち寄るため、惣国の構成員は、決定された事柄に当事者意識を持ち、それもあってその結束は比類ないものとなった。そして雑賀衆として敵と認めた一団には、一丸となってこれに当ったのである。

こうしたことから、雑賀衆には、半右衛門における戸沢利高のごとき盟主もいなければ支配者となる戦国大名もいない。自然、要蔵の半右衛門に対する態度も支配を受けない者のそれになった。

要蔵は心もち顎《あご》を上げ、しっかりと地を踏み締めて悠々と歩んでいく。

(いかにも惣国一揆の者らしき不遜な振る舞いよ)

半右衛門は、この雑賀衆の老人の横顔を見つめつつ思った。

惣国一揆が組織されたのは、鉄砲伝来以前のことである。一揆が組織されたのち鉄砲は種子島に伝来した。これを最も早く本州に伝えるべく種子島に使者を発したのが、紀州根来《ねごろ》寺の杉ノ坊某公という者であった。そして、この杉ノ坊の坊院を建立し、血族を院主として送り込んだのが、雑賀五組の内に所領を持つ津田氏であった。

紀州根来寺においての鉄砲製造は僅か一年で成功した。これが鉄砲伝来の翌年、即ち一五四四年である。ほどなく雑賀衆にもそれは伝わる。ここに鉄砲傭兵集団としての雑賀衆が誕生するのだ。そして鉄砲伝来から十三年が経ったいまでは、新兵器たる鉄砲を携えた惣国一揆の猛者《もさ》たちを、他国の者は畏怖《いふ》を込めてこう称した。

——紀州の猛勢《もうせい》。

(そんな土地ゆえ、小太郎のごとき子供でもあれほどの腕を持つというのか)

半右衛門は、小太郎の神技《しんぎ》を思い起こしながら、次いで当然の疑問を抱いた。

惣国一揆の者がその土地を離れることなどできるものではない。そもそも当時の者にとって生まれた土地を離れることは死ぬことと同じであった。

半右衛門はそれを訊いた。

「小太郎を戦で死なせぬためだ」

要蔵は即座に答えた。

「小太郎は父も母も戦で失った。雑賀衆は女子供に至るまで種子島を仕込まれ、戦へと駆り出される。小太郎が初めて左構えの種子島を手にしたのは六つの時であった。まさに神業《かみわざ》であった。わしは戦慄した。小太郎の左腕を、諸家は争うて買おうとするであろう。以来わしは雑賀の地から姿を消し、小太郎に左腕を使うことを禁じたのだ。とうの昔にあの子は、左腕に神が宿っていることなど忘れているはずだ」

「左様か」

半右衛門はうなずいたが、要蔵の言い分がすんなりと胸に落ちたわけではない。

（小太郎の腕を隠していた理由がそれか）

ほとんど呆《あき》れ返っていた。

半右衛門は武の男である。死なせるのが嫌だから、小太郎が手柄を立てる機会を奪うなどという発想は、理解はできても納得など到底できるものではない。

むしろ小太郎のために一肌脱いでやろうと意気込んだ。

（じい様には悪いが、小太郎はこの俺が戦場に連れて行く）

心中でそう目論《もくろ》んだ。

「右腕ならばな」

傍らで要蔵は話を続けている。

「右腕ならば、尋常の腕で人知れず地鉄砲として命を全うできると思うたまでだ」

（そりゃ変だ）

半右衛門は、思わざるを得ない。

鉄砲など傍にあるから小太郎が鉄砲に関心を抱き、左構えの鉄砲を撃つにまでに至った。それならば猟師などせず、百姓でも商いでもやっていれば良いではないか。

「そのことよ」

半右衛門の問いに、要蔵は悔やむような顔でそう答えた。

「蛍というのだ」

「蛍」

「わしが雑賀にいたころの異名だ」

要蔵が言うには、雑賀衆のうち鉄砲の妙手には異名が付くという。蛍、小雀、無二など聞き慣れぬ名が要蔵の口から発せられた。これらの妙手は、一組五十人を与えられ独自の判断で戦場を駆け巡った。

（それが戦についてあんな利いた風な口をきいた理由か）

半右衛門は、要蔵が猟師小屋で図書の戦術のまずさを指摘したことを思い起こした。

鉄砲の妙手の異名は共通するもののようだ。越前、加賀にも似たような異名を持つ名手がいるとも要蔵は明かした。

「いざ雑賀を離れ、見知らぬ土地で生きて行こうと思うて、はたと気付いた」

「何を」

「わしにできるのは、種子島を撃つことだけだったということによ」

要蔵はそう言うと、半右衛門に向かって寂しげに微笑み、言葉を継いだ。

「これよりは我らとの繋《つな》がりはないものと思うてくれ。今後、我らが素性と小太郎の腕を知れば、小太郎を戦場に連れ出そうとする声が必ず上がる。林殿、お頼み申す。必ずやその動きを封じてくだされ」

「ああ」

半右衛門は言うが、小太郎を戦場に連れ出す決心を翻してはいない。

城道をさらに下り、戸沢家の守護神を祀《まつ》った八幡曲輪に差し掛かると、小太郎がいた。

信仰の場であるから、警護の武士などほとんどいない。天を塞《ふさ》ぐほど生い茂った大木の一つに小太郎は寄り掛かっていた。一方を見つめてにこにこと微笑んでいる。

(あれは)

八幡曲輪の門脇から見つめていた半右衛門は、小太郎が相対した者を認めて訝《いぶか》しげな顔をした。

玄太であった。この少年も何らかの褒美をもらうべく登城したものであろう。

見れば玄太は、小太郎が褒美にもらった左構えの種子島を、自らの物であるかのごとく打ち返し打ち返し眺め、幾度となく構えていた。そして唐突に言った。

「小太郎、これを寄越せ」

ほとんど命ずるような調子である。

(何だと)

飛び出して行こうとする半右衛門の袖を要蔵が捕らえた。

いま少し様子を見るのだ。

そんな顔で、要蔵は小さく首を横に振る。

半右衛門は不承不承、門脇に身を潜めた。

その間に小太郎は、

「うん、いいよ」

とあっさり返事をしていた。

「いいのか」

無理難題を押し付けたはずの玄太の方が、驚いている。

「なら小太郎、おのれは今日からわしの子分じゃ」

何とか威厳を保って玄太が言うと、

「本当か」

小太郎は小躍《こおど》りせんばかりに喜んだ。

（野郎――）

半右衛門は再び二人の元に駆け出しかけた。が、要蔵はまたもそれを止める。

（いいかげんにしろ）

半右衛門は、要蔵を振り返って小さく驚いた。

要蔵は目に涙を溜めていた。小太郎の方を見つめたまま、半右衛門に訴えた。

「見よ、あれが小太郎という子なのじゃ。人に怒ることを知らぬ。人を憎むことを知らぬ。度外れて人に優しいのだ。だが、それで良い。それで良いのだ。あのまま人に怒らず、憎まず、優しく、人知れず生きてくれればそれで良いのだ」

（何の話だ）

半右衛門は、目を怒らせて要蔵を睨み付けた。

（優しいとは何だ）

半右衛門も優しさに似た物は持っている。だが、それは弱者に対する武者らしい憐《あわ》れみであって、決していま小太郎が見せた優しさと称するものではない。

乱世のことである。小太郎のごとき振る舞いを当時の人は単に惰弱と見た。半右衛門もまたそう考えた。人は惰弱であってはならない。

「小太郎」

半右衛門は大声で呼ばわるや、猛然と二人の方に向かって行った。大声に気付いた玄太が鉄砲を放り出し、半右衛門を避けて逃げ出したが、半右衛門が向かうのは小太郎の方である。

「何故じゃ。何故怒らぬ。何故拒まぬ。その褒美はおのれが勝ち取ったものであろうが」

足を踏み鳴らしながら歩を進め、小太郎の前に立ちはだかったときに言葉を終えた。

「いいんじゃ」

小太郎は、怒気を発したままの半右衛門を恐れもせずに微笑み掛けた。

「玄太は悔しかっただろうから」

(——優しさか)

半右衛門は思わず絶句してしまった。

玄太が悔しいだろうと憐れみを掛けるのであれば半右衛門も理解できる。だが、小太郎はその憐れみ故に、自らへの侮辱的な要求を易々と呑んだという。

(これが優しさというものか)

半右衛門にとっては理解し難いものである。それでもこの男は、小太郎を今すぐにでも抱き締めてやりたいような衝動に駆られていた。

(この小僧は馬鹿なのではない)

初めに会ったときの印象を否定した。

(馬鹿が付くほど優しいのだ)

——到底、戦働きなどできる子ではない。

この時、半右衛門は自らの目論見を投げ出した。

（戦働きどころか、この乱世で生き延びることさえおぼつかぬ）

――天が授け給うたは、種子島の才ではなく、この優しさと称する物なのかも知れぬ。

「わかってくれるか」

気付けば要蔵が半右衛門の横に立っていた。

「我らのことは忘れてくれるな」

「ああ」

半右衛門が心底からそううなずいたときである。

異変が起こった。

（あれは）

狼煙が上がっている。三十郎が言った城山である。

「――もはや来おったか」

半右衛門が厳しい顔でかなたの山を凝視すると同時に、急を知らせる鉦が鳴った。

要蔵も狼煙の意味を察した。

「小太郎、来い」

手を取るや急ぎ足で門の方へと向かった。

半右衛門は、城山から視線を移し、去っていく二人に目をやった。

（だけどな、じい様）

乱打される鉦の音が響く中、小太郎が鉄砲試合で叫んだ言葉を思い起こしていた。

（こいつは人並みになりたいんだぜ）

——今の小僧のままではいたくないんだぜ。

そう思うと、「小太郎」と呼び掛ける声が再び口をついて出た。振り返る小太郎に向かって続けざまに叫んだ。

「人並みになるとは、人並みの喜びだけではない。悲しみも苦しみも全て引き受けるということだ。人並みになりたいのであれば、それを重々承知せよ」

人と同じになることが小太郎にとって良しとすべきことなのかどうか。そうなった時、小太郎の心は粉々にされてしまうことになるやも知れぬ。半右衛門は、そんな不安ともつかぬ思いに駆られていた。

小太郎の表情には何の反応も感じ取れなかった。やがて、要蔵の手に強く引かれて門を出ると、忽ちその姿は見えなくなった。

半右衛門は、再び狼煙を観望すると、表情を険しくした。

(——花房喜兵衛)

再びあの男と戦わねばならない。

四

殲滅

1

半右衛門が小太郎らと別れたころ、児玉家の猛将、花房喜兵衛は領分境である太田川の児玉家側領地の岸辺にいた。

率いる軍勢は、ほぼ全兵力の七千である。残りの一千ばかりは児玉家の当主、児玉大蔵が本拠の鶴ケ島城で引き従えている。

これに対して、戸沢家側の岸辺にいる戸沢家の軍勢はわずかに五百であった。籠城《ろうじょう》に決した戸沢家では、太田川の守りを重視していない。当主、利高は敵が押し寄せれば、戦いつつ引けとすでに命じていた。

「囮《おとり》ではありますまいか」

近習の平三が馬上から喜兵衛に真顔で訊いてきた。前回の戦で味方がやった戦術を、敵も企てているのではないかと言うのである。

「馬鹿言うな」

馬上の喜兵衛は兎唇《いぐち》を歪めて笑った。

すでに前回で痛打を与えている。少ない軍勢で包囲しようとするなら、むしろこちらにとって幸いというものである。

「つまりはな」

喜兵衛は、そう言って鞭《むち》を上げるや大音声で下知《げち》を発した。

「大軍に兵法なし。ひた押しに押し進め」

下知が飛ぶや、七千の軍勢がどっと河へと殺到した。もはや押し進むなどという生易しいものではない。瞬く間に河を押し渡り、退却にかかった戸沢家の兵五百を大波が呑み込むように忽ち押し潰《つぶ》していった。

「碧山《みどりやま》城へ」

喜兵衛は休む暇を与えず直進を命じた。

敵城付近への到着は、夜更けになるはずである。


碧山城では、夜に入って領内の兵たちが続々と参集しつつあった。戸沢家傘下の国人領主たちを始め、百姓を引き連れた地侍たちが、詰めの城に架かった二本の橋から、すでに武装を済ませて馳せ付けていた。

半右衛門は、城塀の傍らで城外を観望していた。

詰めの城から城外を見下ろすと、麓《ふもと》に至る城道がかがり火で点々と彩られ、それは城下町の道にまで続いている。その先にあるであろう田圃《たんぼ》は、明かりもなければ全くの暗闇である。

（む）

半右衛門は、その暗闇に向かって目を凝らした。

暗闇の中に微《かす》かに光が見える。初めは新たな光がぽつぽつと目視できていたに過ぎなかった。

しかし、やがてその光は急速に強さを増し、数もみるみる増えていき、ついには見渡す限りの平野を埋め尽くさんばかりになった。

(総軍挙げて攻めてきたか)

前回の戦よりもさらに兵数が多い。半右衛門は自軍の兵力を思い、心中で舌打ちした。

実を言えば、戸沢家では、籠城する兵を二千程度に限定していた。それ以上は兵糧が許さなかったのだ。籠城にあぶれた百姓や城下町の町人は住む家を捨て、城から可能な限り離れた領内の山中へと逃げ込んでいる。

(だが、あぶれた方がましかも知れぬ)

籠城戦は過酷なものとなるはずである。敵は大軍をもって容赦なく攻め立ててくるに違いない。

(小太郎とじい様はまず無事か)

小太郎と玄太を籠城に加えよ、という声はいずれからも発せられることはなかった。半右衛門が止めた訳ではない。二人とも十五歳未満である。戦の絶えない当時であっても、この年齢の子供を戦闘に参加させるような真似はしない。

猟師村である熊井村は、その生業《なりわい》から城から十里ほど離れた山奥にあった。敵の進軍経路ではない。小屋に籠《こも》っていれば無事は確保されるはずである。

半右衛門は表情を険しくするや、下知を飛ばした。

「兵どもを急がせよ。収容次第、橋を落せ」

詰めの城にいた兵たちは城道を駆け下り、城への参集を促した。

やがて、最後の兵が収容されたのを見届けるなり、半右衛門は命じた。

「橋を落せ」

橋の傍で待機していた兵たちが、橋を支える綱を次々と切り、橋は轟音とともに崩れ落ちた。

これで詰めの城とおよそ二千の兵は、崖《がけ》の上に孤立する形となった。敵が城を攻めるなら、空堀に飛び降りた後、はるか頭上にそびえる崖を這《は》い上がってくるしかない。

喜兵衛が碧山城の城下町に入ったのは、夜半を過ぎたころである。

喜兵衛は、碧山の頂上の詰めの城で赤々と燃えるかがり火を見上げて嘆息した。

(さても――)

(敵兵の少なきことよ)

山の麓の城下町には、まったく抵抗なく、易々と足を踏み入れることができた。城下町だけではない。城に迫る前、敵領内の村々を通過してきたが、ここでも抵抗は一切なかった。

通常であれば、城下町の外にでも防衛線を張り、負ければ城下町に火を掛けて詰めの城に引き籠ってしまうはずである。

(斯様な戦術を取るほどの兵力がないのだ)

喜兵衛は敵の寡兵《かへい》にむしろ憐れみを抱いた。

(それにしても)

疑問を抱かざるを得ないのは、兵の持つ松明《たいまつ》に浮かぶ城下町のことである。

城下町が焼かれていない。

普通であれば、敵の拠点となる家屋は焼き払うはずである。すでに物見を出して捜索を済ませているが、町に敵兵が籠って奇襲を掛けようという構えもないらしい。だとすれば、敵に宿を与えるだけのことではないか。

（半右衛門の仕業《しわざ》だな）

喜兵衛はそう睨んだ。

（俺が将としての器量を測ろうとしているのだ）

そこに、近習の平三に案内されて数人の男が前方からやってきた。先頭に、でっぷりと太った顔に細い眼を光らせた、抜け目なさそうな中年の男がいる。

中年男は、従った男たち共々、馬前で平伏し、口上を述べた。

「手前、町年寄を務めまする橋助《はしすけ》と申す者にござりまする。この者たちは同じ町年寄にて以後、御見知り置きくださりますようお願い致します」

「おう、花房喜兵衛じゃ。世話になる」

喜兵衛は辺りに響き渡るような大声で屈託のない返事をした。すると橋助はおずおずとした調子で申し出る。

「花房様には手前共の屋敷を宿にご用意致しておりますゆえ、しばし御休息を」

（なるほどな）

喜兵衛は、心の内でうなずいた。

この町年寄は、城下町を焼くなと願い出たいらしい。敵領内に踏み込んだ場合、敵の村々や城下を焼き払うのは、もっとも普通の戦術であった。単に敵に損害を与えるのがその狙いである。

（俺は焼かないけどな）

喜兵衛には、考えあって城下町を焼くつもりはない。それどころか通過してきた村々にも火を掛けることを厳禁していた。

喜兵衛は、心中でそう考えを巡らせつつ、橋助の申し出に喜んで見せた。

「おお、それは助かる。眠うて敵《かな》わんかったところじゃ」

橋助は恐縮した体《てい》で先に立つと、平三ともども喜兵衛を屋敷へと案内した。


屋敷に入った喜兵衛は、広間へと通された。広間と言っても、襖《ふすま》が立てられており、区切られた空間となっている。喜兵衛は床柱を背にして上座に座り、平三がその斜め前、橋助は次の間との境である襖を背にして座った。

「橋助」

喜兵衛は、正面に座した中年男が吹っ飛ぶような大声で命を放った。

「城下の屋敷を兵どもに解放し、城下の番匠《ばんしょう》（大工）には足軽どもの新たな兵舎を建てさせよ」

城下の屋敷だけでは、喜兵衛の率いてきた兵どもを収容しきれなかったのである。

「但し、番匠どもには手当てを五分増しで払うと伝えよ」

喜兵衛はそう言うと、にやりと笑い、

「城下の者どもがどこへ隠れたか知っておるはずだな」

「はっ」

橋助は身を縮めた。喜兵衛の言葉通り、町年寄の橋助は城下の主だった者どもがいずれの山中に逃げ込んだか把握していたのだ。

「ところで橋助よ」

喜兵衛は、いたずらっぽく視線を襖の方に向けるとこう言った。

「最前より次の間に潜んでおる者は誰じゃ」

橋助は更に身を縮めた。確かに襖の裏には二人の男が控えている。それを喜兵衛はあっさりと見抜いてしまった。

橋助は僅かににじむ額の汗を拭《ぬぐ》いながら答えた。

「実は戸沢家家中の方より是非ともお話ししたき儀があるとの申し出で」

「城を抜け出し参ったと言うのか」

「左様で」

「面白い、開けよ」

喜兵衛が言うなり、橋助は「はっ」と襖を勢いよく開けた。すると姿を現したのは半右衛門である。傍には三十郎もいた。

驚いたのは近習の平三だ。とっさに刀を取って片膝を立てた。三十郎もそれに応じて刀を引き付けた。

が、そんな緊迫も喜兵衛の陽気な大声に打ち破られた。

「何と、林殿か」

喜兵衛は全身で喜びを表しながらそう言った。

現在では奇妙なことかも知れないが、戦闘を離れれば当時の武者どもは遺恨なく旧交を分かち合った。こんな付き合いの中から、自らの子を敵である友人に託すといった美談も生じてくるのである。

「達者なようだな」

初めから笑みを漂わせていた半右衛門もそういって眉を上げた。

「いやいや」

喜兵衛は、千切《ちぎ》れるほどに首を横に振る。

「先だっての戦では見事にやられてしもうた。あの後、二、三日は頭が痛うて敵わんかったわ」

「左様か、俺もあの後、気を失ってしもうたがな」

半右衛門がそう明かすと、喜兵衛は狂喜した。

「そうであったか」

平三の方に喜色満面の顔を向け、その肩を、ばしばしと叩いた。

「今の聞いたか。林殿が我が手傷で気を失ったと申されたぞ」

平三は憮然《ぶぜん》としている。

「聞いておりまする」

そっぽを向いて答えた。

この近習は若かった。敵を前にしてへらへらしている喜兵衛が気に入らない。

喜兵衛はそんな平三を気にも留めず、半右衛門に向き直ると、同情したかのような声音で言った。

「後ろ巻が来る訳でもなく籠城など愚策を取ったようじゃが、お主の策ではあるまい」

半右衛門は敵に向かって味方の愚を曝《さら》すわけにはいかない。

「策はあるよ」

そう言ったが策などない。

当主の利高は籠城戦になれば、硬く蓋をして守り、突出などしてはならない、と命じている。下手に城を出て味方が包囲された場合、城から更なる部隊を出して救援せねばならない。こうして救援部隊までが窮地に立たされ籠城方が大打撃を受ける例がざらにあったからだ。

しかし、半右衛門は機を見て突出し、戦況をどうにか逆転させるしかないと考えている。

「ほう、どういった策じゃ」

喜兵衛はそう身を乗り出した。

「身を以て知ることだな」

半右衛門は不敵に笑って見せた。

喜兵衛は武者のこういった物言いを大いに好む男である。

「おお、楽しみにしておる」

目を見開いて、玩具を待つ子供のような表情で言った。

「して林殿、話したき儀とは何でござろうか」

「そのことよ」

半右衛門は威儀を正すと、喜兵衛を見据えつつ言った。

「城下の者に狼藉《ろうぜき》することなきようお願いに参った」

「何じゃ、そんなことか」

喜兵衛は聞くや、即座にそう答えた。

「林殿とも思えぬ申し出じゃの。我らは戸沢家の領地を貰《もら》おうというのじゃぞ。それが狼藉を働き、人心を離れさせるなど、する訳がないではないか」

喜兵衛が村も城下町も焼かなかったのは、この考えがあったからである。

当時の百姓も町人も、攻撃に対して泣き寝入りなどしなかった。必ずと言っていいほど、排除したはずの旧勢力と手を結び反撃に出ようとした。無用の狼藉を働くなど、その反撃を煽《あお》るようなもので、喜兵衛はそれを未然に防ごうと考えていたのだ。

半右衛門もまた、喜兵衛の立場ならそう考えると踏んでいる。

「な、申した通りであろう」

傍で小さくなっている町年寄の橋助に向かって笑って見せた。

「はっ」と、橋助は床に頭を擦《こす》りつけて平伏を繰り返した。

喜兵衛らの軍勢が、まだ到着していない時のことである。

橋助は城下町の者たちが次々に領内の山中へと避難するなか、この男なりの勇敢さで町へと止《とど》まるよう他の町年寄たちを説いて回っていた。城下の屋敷が焼かれ、財産が失われぬよう画策するためだ。詰めの城にいる半右衛門にも、敵の主だった者と交渉してくれるよう願い出ていた。

(無用なことよ)

喜兵衛の将器を心得ている半右衛門は、橋助の願いを聞くなりそう思ったが、快く交渉役を引き受けた。

城下町に入った喜兵衛は、町が焼き払われていないことを見て、自らが半右衛門に試されていると感じた。しかし、半右衛門は試すまでもなく、喜兵衛の将器を認めていたのだ。

「じゃ、頼んだぜ」

半右衛門が喜兵衛に向かって微笑むと、

「心得た」

喜兵衛も大きくうなずいた。

会見はこれで終わりである。この後は刀槍をもって語り合うことになるだろう。半右衛門は立ち上がるや、敵将として言うべきことを言った。

「花房喜兵衛殿に御武運のあらんことを」

喜兵衛もまた、これに言葉を返さねばならない。

「林殿も存分にお働きあれ」

半右衛門は小さくうなずくと、襖の裏に姿を消し、次の間から廊下へと出て行った。三十郎もそれに続き、二人を追って橋助も座敷を後にした。

半右衛門たちが出て行くなり、喜兵衛に素早くにじり寄ったのは、平三である。

「殿、生かして城に帰すのでござるか」

平三の進言も当然であろう。敵の勇将がのこのこ姿を現したのだ。今すぐ兵どもを集めて押し包んで討ち取ってしまえば、今後の城攻めがどれだけ楽になるか分からない。

だが、平三の訴えを聞いた喜兵衛は、見る見る顔を真っ赤にして嚇怒《かくど》した。

「馬鹿、俺に恥をかかせたいのか」

ぎろりと目を剝《む》いて平三を睨むなり言い放った。

「敵の武辺者を闇討ちにしたなど、花房喜兵衛の男が下がるわ」

平三は、改めてこの猛将を見直す気にもなったが、こうも面と向かって怒鳴られては立つ瀬がない。憮然とした。

当の喜兵衛はすでに怒りを忘れ、天井を見上げていた。何か考えを巡らしているときの、この男の癖である。

「そうじゃ」

喜兵衛は、子供のように生き生きとした目を平三に向けると、こう命じた。

「林殿に兵の百、いや二百も付け、丁重に城までお送り申せ」


そのころ半右衛門と三十郎は、城下町の道を城に向かって徒歩で進んでいた。

両側に連なった家々の軒下には、宿にあぶれた敵兵どもが転がっている。そのうちの相当な数が半身を起こして、訝しげな目をこちらに向けていた。

「坊よ、まこと無事に城へと戻れますのか。山の中腹にまで敵は群がっておるはずじゃぞ」

三十郎は、半右衛門にすがり付かんばかりの勢いで怯《おび》えた声を発した。戦場では勇敢なこの老武者も、寝ている狼の群れの前を横切るような真似に慣れているはずがない。恐れが先に立った。

だが、半右衛門は一向に平気な顔でいる。この男は、花房喜兵衛の気性を知り尽くしていた。

平素と変わらぬ顔を三十郎に向けた。

「案ずるな。あの男のことじゃ。兵を付けて我らを城まで送り届けるさ」

言うなり、二人の背後から相当な人数が駆ける整然とした足音が聞こえてきた。喜兵衛が発した護送の兵二百である。

「ほれ、あれよ」

半右衛門は、後方を顎で示した。

兵二百は、半右衛門らに追い付くと、隊伍も乱さず二人を取り囲み、護衛を始めた。その中から兵二百の長らしき男が半右衛門の前に進み出た。慇懃《いんぎん》に小腰を屈《かが》めて名乗った後、

「林半右衛門殿とお見受け致す。手前主、花房喜兵衛の命により、城までお送り仕《つかまつ》る」

「苦労」

半右衛門は小さくうなずいた。

護送の兵は、詰めの城の手前まで二人を送り届けた。半右衛門は矢止めを命じて、護送の兵たちを引き返させた後、城に入ろうとしたがすでに橋は落した後である。城から縄梯子《なわばしご》を下ろさせ、それを登って城に帰り着いた。

(面倒なことよ)

半右衛門は小さく嘆息した。縄梯子から空堀を見下ろすと、谷底のように落ち込んでいる。

(一度馬で突出すれば、馬を城に戻すことはできんな)

人は梯子を登れば良いが、馬はこの崖を這い上がることはできない。

(まあ、やるさ)

半右衛門の突出への意思は固かった。


夜明け前、城下町の道で小さな騒ぎがあった。

四人ほどの足軽が、町年寄の娘を追い掛け回していたのだ。

闇夜のことで、哨兵《しょうへい》以外は皆、眠り深く陥っている。それゆえ、娘が騒いでも気付く者はほとんどいなかった。軒下に寝ていた幾人かが目を覚ましたが、鼻の下を伸ばすだけで助ける気など

さらさらない。

娘の親である町年寄も、敵の足軽たちの前では無力であった。城下町の道を逃げ惑う娘を見つめて、ただ命ばかりはと願うのみである。

やがて娘は転んだ。足軽の一人がすかさず馬乗りになり、娘の小袖の裾《すそ》を割った。

「騒ぐんじゃねえ」

足軽は血走った目を娘に向けた。

途端、
岩のような拳で強《したた》かに頭を後ろから殴られた。目を廻しつつも、

「何しやがる」

そう振り向いたときには首は胴から離れ、はるか向こうに素っ飛んでいる。

残った三人の足軽は、飛んだ首を目で追った後、斬った巨軀の男を目にするや、脚を萎《な》えさせ地べたにへたり込んだ。

花房喜兵衛が、血刀を提げてこちらを見下ろしていた。嚇《か》っと目を見開き、無言のままで見据えている。三人の足軽は身動きはおろか、息をすることさえできない。その間に平三が足軽の胴を娘から除《の》け、娘を助け起こした。

喜兵衛は、ぐいと軒下の兵どもを見渡すや、

「者ども、起きよ」

大音声を発した。すでに目覚めていた者はもちろん、寝ていた者までが弾かれたように立ち上がり、声の方に注目した。

「この者どもは」

喜兵衛は、もはや三人を示すこともせず言葉を続けた。

「軍令を無視し、城下の者に狼藉を働いた」

それだけ言うと、有無を言わさず刀を上げ、横殴りに一振り薙《な》ぐや、三人の首を一気に刎《は》ね飛ばした。

注目していた足軽どもは言葉もない。眠気も吹っ飛び、ただ戦慄していた。

喜兵衛は息も乱さず、そんな足軽どもを再び見渡した。

気付けば東の空が白々となっている。

夜が明けた。

喜兵衛は、碧山城を見上げるや、

「総掛かりにて城を落せ」

全軍挙げて攻撃を掛けよと下知を飛ばした。

兵たちは喜兵衛に向かい、「応」と一斉に声を上げた。

2

喜兵衛の下知が飛ぶなり、白々明けの早朝から寄せ手の全軍が碧山を駆け上がり、空堀に飛び込んだ。詰めの城に向かって四方八方から急斜面の崖を這い登っていった。

喜兵衛は、一の橋があった南側の空堀の傍に陣取っている。そこから見ると、寄せ手の兵の甲《かっ》冑《ちゅう》で、崖の斜面はみるみる下方から真っ黒に染め上がり、さながら漆黒の大蛇が獲物を徐々に締め上げているかのような光景であった。

「土田隼人、勇者なり。一番に崖へと取り付きおったぞ」

喜兵衛は大声でその功を褒め、他の兵どもを叱咤《しった》する。傍にいる平三は土田の功を首帳に記した。

この時代の主力は弓矢である。鉄砲の数は弓矢に比べれば格段に少ない。弓矢は鉄砲ほどの射程はないが、喜兵衛ほど敵に近付けば、矢は確度をもって喜兵衛に迫ってきた。喜兵衛の足元には次々に矢が突き立ち、甲冑にも幾本かの矢が突き刺さった。見上げれば、数十人の弓兵が、土塁の上に建てた城塀から身を乗り出し、矢を放っている。

「殿」

平三が帳面から顔を上げて苦情を言った。

「危のうござる。もう少し後方へと下がられてはいかがか」

「馬鹿野郎」

喜兵衛は一言いうと再び兵どもの叱咤に掛かった。

そのうち数は少ないものの、鉄砲弾までもが喜兵衛の足元で土を跳ね上げてきた。

「殿」

平三は語気を強めて諫《いさ》めた。が、この時代の勇者と呼ばれる者たちは、どういう訳か揃いも揃って鉄砲を恐れない。鉄砲による死傷例がまだ少なかったからであろうか、決まってこんなことを言った。

「勇士に当る鉄砲弾などあるものかは」

喜兵衛も平三に首をねじ向けると、大声でそう嘯《うそぶ》いて見せた。

武器による損害が、現代ほどの凄惨《せいさん》な結果を伴わない時代のことである。それゆえ、一面暢気《のんき》な雰囲気をこの時代の戦は醸《かも》すことがあった。

城塀からひょっこり顔を出した者がいる。

半右衛門であった。

「おお、花房殿ではないか。どうじゃ、もそっとこっちへ来られてはいかがじゃ」

半右衛門は手招きしながら陽気に叫ぶ。

「いやいや、林殿こそ、城を出られてこちらに来られてはいかがじゃ」

大笑を発して、喜兵衛もそう大声で返した。

その喜兵衛の横にいた平三に矢が迫った。

「む」

喜兵衛はとっさに腕を伸ばした。矢は籠手《こて》の合わせ目をすり抜け、喜兵衛の前腕部に突き刺さった。

「殿」

と悲痛な声を上げる平三に、

「騒ぐでない」

喜兵衛は一喝した。次いで矢をぐいと抜くと、矢柄《やがら》だけがすぽりと抜けた。鏃《やじり》は腕の中に残っているはずである。

――野郎。

怒気を発すると、詰めの城に向かって叫び上げた。

「こら、半右衛門」

「何じゃな」

「矢柄落しではないか」

喜兵衛は苦情を発しつつ、小刀を抜くと躊躇《ためら》いもなく腕を切り開き、鏃を取り出した。

矢柄落しとは、鏃に柄を緩めに付け、敵に突き刺さった場合、敵の体内に鏃だけが残るよう細工することである。鏃が体内に残ることで、それが取り除けなければ敵は戦の後も苦しみ、悪くすれば死ぬ。戦に美しさを求めた時代、こんなことは忌《い》むべきこととされた。

半右衛門もそう考えた。

「左様か。こりゃすまん」

そう言うと、兵たちに向き直り、命じた。

「矢柄落しを使う者がおれば、直ちにこれを止めよ」

再び城外に顔を出して叫び下ろした。

「これで良いか」

「重畳《ちょうじょう》」

喜兵衛は小刀を納めた。

(さてと)

城内を見渡したのは半右衛門である。城塀の際には、石を満載した笊《ざる》を抱えた兵どもが幾人も控えている。

再び城外に目をやれば、どんどん崖を這い上がってくる敵は、間近に近付いていた。目鼻立ちまでくっきりと認められるほどだ。

(頃合か)

見て取るなり、

「石」

と命じた。

笊を抱えた兵たちは、控塀に渡した横板に乗り、城塀から身を乗り出した。

途端、

「弓衆、出よ」

と、下知を飛ばしたのは喜兵衛の方である。城から石やら何やらを落してくるのは案の内だ。籠城兵どもが身を乗り出した瞬間、これを叩く。今の今まで、寄せ手が飛び道具を用いなかったのはそれがためだ。

喜兵衛の下知が飛ぶや、木の幹の陰に姿を隠していた数百の弓兵が姿を現した。

それでも半右衛門は動ずることはなかった。

「いまぞ」

喜兵衛の下知と同時に、半右衛門も新たな下知を発した。

「放て」

すると石の笊を抱えた兵の横に控えていた弓衆が次々に立ち上がった。最前から弓を放っていた兵の数とは訳が違う。三百はいた。すでに半弓を引いていて、立ち上がるや一斉に城外の敵弓衆に向けて矢を放った。とっさのことだ。寄せ手の弓衆は射竦《いすく》められるほかない。

この寄せ手の躊躇《ちゆうちよ》を、半右衛門は逃さなかった。

「やれ」

大喝した。

同時に、石笊を抱えた兵たちは崖下に向けて一斉に石をばら撒《ま》いた。崖を這い登っていた寄せ手の兵に、避ける手立てなどない。人の頭ほどもある石をまともに喰らい、次々に空堀へと落下していった。

「何と」

喜兵衛は、みるみる崖から剝《は》げ落ちていく黒色の寄せ手の群れを睨みながら歯噛みした。

だが事態はそれだけに止まらない。

「油」

すかさず半右衛門は命じたのだ。間髪置かず、釜《かま》を抱えた兵たちが、煮えたぎった油を城外へと注ぎ落す。

「げ、何てことしやがる」

もはや、悠長なことを言っている場合ではない。喜兵衛は思わず悲鳴を上げた。崖を見上げれば、南側の斜面は寄せ手の兵が一掃され、再び元の土色へと返っていた。

寄せ手は思いのほか苦戦していた。

（半右衛門の野郎）

喜兵衛は、橋助に用意された屋敷の一室で、一人黙考していた。

戦場での豪放さに似合わず、普段は行儀の良い男であった。明かり障子に面した文机を前にして端然と座している。

似合わないのは行儀の良さだけではない。連日の苦戦にもかかわらず、喜兵衛の口元には微笑さえ浮かんでいた。

（半右衛門の野郎、一体あいつは何人いやがんだよ）

その姿を思い起こせば、思わず噴き出しそうになる。

何人いるのか、と思いたくなるほど、半右衛門の勇姿は、乗り越え間近となった城塀に必ず現れた。喜兵衛も半右衛門も、兵どもの疲労を恐れ、昼夜の交代制で城を攻撃し、守備していたが、半右衛門の出現だけは昼夜を問わなかったのだ。

（働き者め）

——この働き者ひとりで、後ろ巻なき籠城戦に望みを繋《つな》いでやがる。

喜兵衛は、その半右衛門の首級が我が物になるだろうと思うと、身の震えるほどの歓喜を覚えた。

だが、半右衛門の働きを痛快に思ってばかりもいられない。

何しろ開戦からふた月も経っているのである。すでに季節は秋から冬へと突入し、夜寒が身に沁《し》みるほどになっていた。

もっとも、喜兵衛率いる軍団は、春以降も城攻めを続けるだけの兵糧は用意してきている。最低限の百姓たちも領内には残してあるから、戦の期間を農閑期に限ることはない。

（しかしな）

喜兵衛は顔をしかめつつ思った。

（春以降も攻め続けて、万が一にも城を落せなんだら、当方の損は計り知れぬだろうな）

喜兵衛の属する児玉家もまた盟主である。傘下の武士どもは、児玉家への信用度をこの戦で計っているはずである。城を落せぬとあれば、戸沢家に寝返る者も出て来かねない。事実、所領の本拠地に残っている児玉家の当主、児玉大蔵からは、一刻も早く城を落せと連日のように使者がやってきていた。

（うるせえな）

――あの林半右衛門を相手にしてんだよ。

締め付けの緩い盟主とその配下の関係ゆえか、喜兵衛は使者を怒鳴り上げて追い返したものである。

（ま、なるだけ早く落すさ）

屋敷の一室にいる喜兵衛が、そう高《たか》を括《くく》ったところ、

「失礼仕りまする」

と、平三の声が襖の奥から聞こえた。

「入れよ」

喜兵衛は首をねじ向け平三を招じ入れると、再び文机に向かう。

「何用じゃ」

背で平三に問うた。

「ただ今、伊賀より忍びが到着してござりまする」

開戦前に使いを発して、伊賀国の地侍に下人を寄越すよう依頼させてある。細かなことは平三に任せてあった。それが漸《ようや》くやって来たという。

「随分と待たせたな。何人おる」

「一人で」

「一人だと」

喜兵衛は、ふと顔を上げ、背を向けたまま小さく疑問を発した。

すると平三は、声を潜めてこう言った。

「無痛の萬翠《ばんすい》にござりまする」

(――萬翠か)

喜兵衛もその名は知っている。嘘か本当か知らないが、どこを斬っても痛みを感じることがないという。

しかし、これほどの忍びならば、随分と値が張るのではないか。

「萬翠か。幻術も達者らしいが。如何《いか》ほどで雇うた」

「銀五十枚にて」

平三ははっきりとした調子で答えた。

(五十枚かよ)

喜兵衛はあまりの額に思わず笑ってしまうところであった。

この時期、銀五十枚でおよそ五十石の米が買える。人は一年で二石弱程度を食うとされた時代だ。とすると、この忍者一人に二十五人分の米一年分を持って行かれることになる。

「高けえな、おい」

喜兵衛が苦笑交じりに言うと、

「そうでもないわさ」

平三は答えた。

（おのれ）

喜兵衛は、とっさに気付くや嚇っと目を見開いた。

平三が喜兵衛に向かって発して良い言葉遣いではない。言葉どころか声音まで野太いものに変わっている。

気付いた刹那《せつな》、喜兵衛は太刀を摑《つか》んで反転し、平三の横胴を薙《な》ぎ払った。

すると平三は飛鳥のごとく宙に舞い上がり、喜兵衛が抜き放った太刀の刃の上にふわりと舞い降りた。

（こいつか）

喜兵衛は抜き放った体勢のまま、刃の上の男を見上げた。平三ではない。平三の衣裳を脱ぎ捨てたその男は、忍び装束を身に纏《まと》っていた。

（――無痛の萬翠）

喜兵衛は、横目で平三の姿を探したがどこにもない。となれば、この部屋に入ったときから萬翠は、平三に成りすましていたことになる。

「噂に違《たが》わぬ男よ」

「銀五十枚では安かろう」

萬翠は歯を剝《む》き出すようにして、にまりと笑った。笑い様は奇妙だが、覆いのない顔は伊賀者の常に似ず、美男と言っていい程である。

「斯様なことは働きを見せてから申せ」

喜兵衛は、刃の上からそろりと降りる萬翠を、油断なく見据えながら言った。どういう仕掛けがあるのか、萬翠が降りても太刀の重みは変わらない。

「萬翠、大将の首級を取るはおのれの役目ではないからな」

太刀を収めつつ、喜兵衛はそう釘《くぎ》を刺した。

この伊賀者は、腕に任せて敵城に忍び込んだ挙句、ほとんど遊びの延長で敵将の首級を挙げると聞いたことがあったからだ。敵将の首級を挙げるといった華々しい働きは、武者のものであると喜兵衛は思っている。

「出すぎた真似をするでないぞ。追って下知するまで、どこぞに控えておれ」

目に凄《すご》みを利かせて萬翠に申し渡した。

「左様か」

萬翠は鼻で笑うと、部屋の隅へと身を移し始めた。部屋の隅には明かりも届かない。萬翠は隅に生じた闇に溶け込むようにして姿を消した。消すや、声だけが室内に小さく響いた。

「用あらば三度手を打て。直ちに姿を現すであろう」

（ちっ）

振る舞いに日向《ひなた》のような明るさを求める当時の武者にとって、こんな陰《いん》に籠《こも》った技は忌《い》ま忌《い》ましいものでしかない。

(伊賀者など、なるだけ使いとうはないものよ)

喜兵衛は心中でそう思い直した。

別に諜報活動や敵城攪乱《かくらん》が卑劣だからという訳ではない。こういったことは武略の範囲内として考えられていた。ただ、それを行う伊賀者というものを、当時の武士と同じく唾棄《だき》すべきものとして見ていたのだ。

喜兵衛は立ち上がると、明かり障子を開けて夜の空を見上げた。

(月がない)

ふた月の城攻めで、味方の兵どもに惰気が蔓延《まんえん》しつつある。そして、今宵は月もなければ全くの闇夜だ。

(半右衛門の奴)

——出て来やがるな。

喜兵衛は微笑すると、部屋を出た。山を登り、詰めの城の堀端へと向かうつもりである。

3

同じ頃、半右衛門は三十人ほどの精兵《せいびょう》を選んで、一の橋が架かっていた南門の付近に集結させていた。

「止《や》めろ、半右衛門。勝手な真似をするでない」

駆け寄って来るなり怒声を放ったのは、図書である。白い顔を真っ赤にして憤っていた。

図書がそう言うのも無理はない。半右衛門は、喜兵衛が睨《にら》んだ通り、突出を試みようとしていたのである。それは開戦前から当主、利高が固く禁じていたことだ。

(馬鹿め)

半右衛門は、図書を横目でじろりと睨んだ。

(兵どもの惰気が見えぬのか)

——ここで一度打って出ねば、城は危ない。

碧山城内の半右衛門は、小さな焦りを感じていた。

籠城兵にも疲労が見えてきている。兵糧はいまだ底を尽かないものの、連日の緊張がふた月も続いたのだ。いかに昼夜交替で休息を与えたとて、疲労は確実に蓄積していた。疲労に伴い、士気の衰えが目立ってきている。

(開戦当初から恐れていたことが、起こりつつあるのだ)

そう思ったものの、半右衛門は直截《ちょくせつ》にはこのことを言わない。突出の事実を兵に示すことで、籠城戦に変化を与え、兵どもの士気を守《も》り立てる考えである。それゆえ、図書にも景気良くこう言い放った。

「俺が大人しゅう穴籠りなどしておると思うたか」

「何」

図書が目をさらに吊り上げたとき、三十郎がある物を引っ張りながらやってきた。

馬である。

「馬はない」

詰めの城の空堀端に来た喜兵衛は、兵たちにそう伝えていた。

「敵は徒歩《かち》立ちで城より突出するはずじゃ」

喜兵衛がそう見るのも当然であった。城を馬で突出すれば、馬を詰めの城に戻すことはできない。当時の馬の貴重さから言って、みすみす馬を捨てることなどするはずがない。

「馬なき武者など恐るるに足らず」

喜兵衛はそう兵を叱咤すると、空堀に向けたかがり火を増やすよう命じた。


「もったいないのう」

ぼやいたのは三十郎だ。

半右衛門が騎馬で突出すると言って聞かないからである。

「さあ三十、やれ」

半右衛門は、生き生きとした調子で馬上から命ずる。ほとんど遊びに出るのを待ち構える子供のような調子だ。到底、籠城兵の士気のことなど考えている男の顔ではなかった。

すでに突出の騒ぎを聞きつけ、城兵たちも見物のため声を潜めつつ大勢集まってきている。もはや図書は制止を諦《あきら》め、苦い顔で半右衛門を見上げていた。

三十郎は、「もったいないのう」と再びぼやくや、不承不承、城塀際に待機していた鉄砲衆と弓衆に合図した。「やってやれ」

合図が示されるや、弓衆が城塀から身を乗り出し、一斉に矢を放った。放ち終えるなり、今度は鉄砲衆が身を乗り出し、一斉に弾を放つ。

「来るぞ」

叫んだのは、空堀際にいた喜兵衛である。突出の援護射撃に違いない。こちらも応射せねば、突出をみすみす許すことになる。

「放て」

喜兵衛は、城方の一斉射撃が終わるや、自軍の鉄砲衆に下知を飛ばした。轟音とともに弾が放たれたときには、城方の鉄砲衆は撃ち白まされ、塀の陰へと引っ込んでしまっている。もはや援護射撃はできまい。

「弓衆構え」

喜兵衛は、次なる応射を命じた。

「来られるもんなら、来てみやがれ」

小さく呟くと、南門の方を見上げた。

が、門は見えない。

そのはずである。一斉射撃を敵味方ともに行った。僅かの間だが、硝煙が一帯に充満し、互いの視界を遮った。

詰めの城では、三十郎が馬にすがるようにして訴えていた。

「坊、敵に突出を読まれておる。諦めるのじゃ」

だが、半右衛門は、

「いまぞ」

ぎらりと目を輝かせた。

「突出」

大喝するなり、南門を勢いよく開け放たせた。しかし、橋もなければ、門の外はいきなりの崖である。

(こりゃ、思った以上じゃ)

上から見れば、予想を超えた急斜面である。しかも硝煙が充満して崖の底が見えない。

一瞬、躊躇した。

すでにして硝煙は徐々に晴れつつある。南門の様子は、喜兵衛からも一瞬、垣間見えた。

松明《たいまつ》の明かりがわずかに届く南門で、ゆらりと揺らめいたのは、馬上の半右衛門の姿である。

「野郎、騎馬か」

喜兵衛が歯嚙みしながらも、半右衛門の武者振りに思わず笑みを洩らしたときだった。

「者ども、続け」

半右衛門の咆哮《ほうこう》が響いた。意を決してどっと崖を駆け下るや、その後を徒歩立ちの兵どもが従う。硝煙は、空堀の底に突っ込んでいく馬上の半右衛門と兵たちを、忽ち隠していった。

――いかん。

焦ったのは喜兵衛である。馬上の武者の突進力を侮ることはできない。突進力を得たいがために、馬は巨大な上にも巨大なものを求めた時代だ。まして、それに乗るのは半右衛門である。

「下がれ」

喜兵衛は兵どもに命ずると、自ら兵どもの防御線となるべく、空堀の方に向かって槍の穂先を向けた。

途端、
煙の中から真っ黒な馬体がどっと飛び出してきた。

「何」

いきなり眼前に迫る馬体に、喜兵衛は思わずのけぞった。崖を下ってから堀を駆け登るまで、半右衛門は馬の勢いを一切緩めなかったのか、のけぞる喜兵衛の頭上を飛び越えようとさえしている。

「花房殿、やはりおったか」

飛び上がる馬上で、半右衛門はそう叫ぶや、下から上へと槍を振り上げ、喜兵衛が持った槍を跳ね上げた。

「くっ」

喜兵衛はとっさに槍を強く握り締めた。

が、馬が飛び上がる勢いを伴っての槍の一振りである。喜兵衛の槍は宙へと飛んでいった。

――しまった。

半右衛門のとっさの働きはそれだけに止まらない。喜兵衛の頭上を飛び越える馬上で、振り上げた槍の穂先を反転させた。

（林半右衛門が槍働きを見よ）

半右衛門は、馬で飛び越えざま、喜兵衛の背を後ろ突きに突いた。

（手応えあった）

槍を抜いたときには、馬は地響きとともに喜兵衛の背後へと降り立っている。この間、刹那であった。

（見たか）

馬上の半右衛門は後ろを振り向くなり、小さく驚いた。

槍の穂先で貫いたはずの喜兵衛の姿がない。見えるのは、続々と空堀から這い上がってくる我が兵のみである。

（どこへ行った）

周囲を見回したが、いない。ふと視界に入ってきたのは、呆気《あっけ》に取られて弓の弦さえ緩めてしまった寄せ手の兵どもである。

（仕方ねえ）

半右衛門は、嚇っと目を見開き、敵兵どもを目で圧した。

（まずはこいつらを蹴散《けち》らすか）

怒号を挙げるや、どっと馬を駆った。

と同時に、寄せ手の兵どもは弓を投げ捨て、算を乱して山を駆け下った。悲鳴を上げながら、ほとんど転げ落ちるような勢いである。

（この突出で、首の百はもらうぞ）

半右衛門は、馬速を上げるや、雑兵らに交じって徒歩立ちで逃げる兜首《かぶとくび》に狙いを定めた。

（刮目《かつもく》せよ、敵の者共）

追い越しざまに横殴りに槍を振るい、兜首を宙に飛ばした。飛んだ首が地に落ちぬ間に、宙で串刺しにする。素早く手に取るなり、鞍の四方手《しおで》に括《くく》り付けた。

「ひとつ」

叫ぶや、馬首を巡らした。今度は山の斜面を駆け上がった。すでに敵兵の群れを追い越している。我が兵に追われ、駆け下ってくる敵兵に槍を入れるつもりだ。

（いたな）

兜首はまだあった。半右衛門は斜面を斜めに駆け上がり、兜首に向かって直進するや、たちまち首級を挙げた。

「ふたつ」

吠えたところで気付いた。

（まずいな）

追撃する自軍の兵どもに勝ちに奢《おご》った様子が見える。制止せねば、このまま麓までも追いかねぬ勢いだ。

「引け」

下知を飛ばした。

兵どもに不満の様子が見て取れたが、深追いは禁物である。程よき所で兵を引くのが、奇襲の心得であった。

兵どもは、麓の城下町の方へと逃げ散る敵を見下ろしながら、半右衛門に従い詰めの城へと駆けた。

空堀に続く崖には、すでに三十郎が網を下ろしていた。兵どもは網を伝って城へと帰還し、半右衛門は馬を捨て、網をよじ登った。

――まんまとしてやられた。

その様子を木の上から見下ろしながら、兎唇を歪めたのは喜兵衛である。

無論、重傷の喜兵衛に木登りなど不可能である。萬翠が助け、そこに運んだのだ。

「余計な真似を」

喜兵衛は自らを抱える萬翠を見上げると、怒気を発した。言い終えぬうちに顔を歪めたのは、激痛のためである。

一方の萬翠には、喜兵衛に対する忠義心などない。

「雇い主のおのれに死なれては、わしの評判が悪うなるでな」

歯を剝き出して笑うと、喜兵衛の傷口に指を差し込んだ。

「ぐっ」

苦痛に思わず息を呑む喜兵衛に向かって、無感動に言う。

「貫かれたのは肉のみじゃ。死にはせぬ」

看立《みた》てを告げると木から飛び降り、喜兵衛の巨体を抱えたまま麓へと駆け下りて行った。

翌朝、喜兵衛は戸板に載せられ、詰めの城の空堀の傍に来た。

(あれか)

見上げれば、はるか頭上に南門が見える。そこから馬で駆け下るなど、落下するのと同じではないか。

(ん)

ここで喜兵衛は周囲を見渡し、異変に気付いた。以前もこの空堀の辺りに来て、兵どもを叱咤したが、今朝に限って兵どもが廻りにいない。空堀から離れ、後方へと下がっている。

(恐れてやがる)

及び腰のまま詰めの城を見上げる兵どもを、喜兵衛は苦い顔で凝視した。

「いつあの鬼のごとき武者が、再び飛び出してくるか」

兵どもに蔓延しつつあるのは、恐怖の感情である。

寄せ手の兵どもにとって、もはや勇者の首級を狙うなどといった夢想をしている場合ではなかった。いつでも逃げ果《おお》せる距離を取り、命を繋ぐことを本能的に優先し始めていた。

(半右衛門の働きを思えば、無理もねえか)

昨夜のうちに、平三から戦禍についての報せは受けている。

わずか寸刻の間に、半右衛門は凄まじいほどの働きを見せていた。

「兜首二、雑兵首百八を挙げ、早々と引き揚げたとのことにござりまする」

喜兵衛の負傷に度を失っていた平三は、喜兵衛に怒鳴られるとそう答えた。

加えて妙なことも言った。

半右衛門が乗り捨てた馬に児玉家家中に宛てた書状が結びつけてあったという。

文面は、

「昨夜の夜討の大将、林半右衛門が乗りし馬は、この大竜寺也。後日、受け取りにまかり越す故、ゆめゆめ粗略《そりやく》に扱わぬようお頼み申し上げる」

(――野郎)

詰めの城を見上げていた喜兵衛は、その不敵な文面を思い、ふと笑いが込み上げてきた。すると即座に腹から背にかけて激痛が走った。

(むう)

顔を歪めたとき、城内から凄まじいほどの鬨《とき》の声が響き渡った。ほとんど城内の火薬という火薬が爆発したかと聞き紛うほどの爆音である。

「曳々《えいえい》」という半右衛門らしき大音声に、城内の兵という兵が、「応」と応えていた。そしてその言葉の応酬は、いつ果てるともなく繰り返された。

喜兵衛はとっさに自軍の兵を顧みた。見ると、兵どもは城から飛び下がって腰を震わせながら槍を城へと向けている。

(こりゃ負けるぞ)

喜兵衛は深刻にならざるを得なかった。

半右衛門の狙い通り、城兵の士気は上がり、喜兵衛の恐れた通り、児玉家の信用は失墜しつつある。

(使ってみるか)

――あの男を。

喜兵衛は、痛みに耐えつつ両手を大きく広げた。そして、三度まで手を打った。

この時、城方にとって凄惨極まりない籠城戦の第二幕が、切って落された。

4

その日の夜のことである。

西の城塀を警備していた五人の兵の前に、一匹の鼠《ねずみ》が現れた。

やたらと愛嬌《あいきょう》のある鼠であった。塀の屋根をちょろちょろと駆け廻り、一度二度三度と五人の目の前を往復さえして見せた。五人の兵は我知らず表情を和らげ、往復の度に顔を左右に動かした。

鼠の可愛さはこれだけに止まらない。三度目の往復を終えると、二本の肢《あし》でちょこりと立ち上がり、そのまま二本肢で、五人のちょうど真ん中に歩いていったのだ。五人が注目する中、空いた前肢の指をわきわきと広げて見せた。

このときすでに、兵どもの表情に変化が生じていた。目は虚《うつ》ろで全く呆《ほう》けてしまったかのように、顔全部の部位が垂れ下がっていた。

鼠は言った。

「おのれら、欲するものはあるか」

すでに疑問を挟む者などいない。兵どもは呆けた顔のままうなずいた。

「欲するものは、おのれらの腹中にあり。腹を開き、望みのものを手に入れよ」

五人の兵どもは、緩慢ながらも躊躇なく小刀を抜くや、次々に腹へと突き立てた。

五人は腸を摑み上げつつ、無言のまま死んだ。顔は依然、呆けたままであった。

鼠は五人を見下ろしていた。その鼠を摑み上げざま、無痛の萬翠が城塀の外から怪鳥のごとく舞い上がった。

城内に音もなく着地すると、表情も変えずに屍骸《しがい》となった五人の兵どもを見下ろした。

「ふん」

鼻で笑い、幻術の種となった鼠を握り潰して捨てた。次いで、一方に向き直った。

視線の先には、御城米蔵曲輪《くるわ》がある。

詰めの城の一角にある御城米蔵曲輪は、十の蔵を有しており、それぞれに二人ずつの哨兵が、かがり火を焚《た》きつつ警戒に当っていた。

萬翠の殺戮《さつりく》は、無造作に行われた。

萬翠はかがり火の明かりの届かぬ暗闇から突如躍り出るや、疾風《しっぷう》のごとく哨兵に迫り、一瞬にしてその眼前に現れたのだ。

哨兵が驚く間も与えない。抜く手も見せず抜刀し、哨兵の咽喉《のど》を真一文字に斬った。振り向きざまに二人目の哨兵の咽喉も屠《ほふ》った。二人は声も立てずに崩れ落ちた。

異変に気付いたのは、隣の蔵の哨兵である。

かがり火の炎がみるみる小さくなる。それに従い闇が急速に広がっていった。

その闇から萬翠は吐き出された。忍び装束の萬翠が、体勢を低く保って地を這うように駆け寄る様は、遁《のが》れ難い魔物の影が人外の迅《はや》さで迫るかのようである。

萬翠は再び抜刀するや、瞬く間に二つの屍骸を作り上げた。

萬翠がこの後、八回ほどこれを繰り返したころ、半右衛門はいつものごとく城兵どもに声を掛けつつ城内を巡っていた。布製の幕舎の群れの間を縫って西の城塀の辺りにくると、五人の兵が塀に寄り掛かって城外を警戒すること怠りない。

「苦労」

返事がないのを不審に思いつつ近付くと、ことごとくが腸をはみ出させて死んでいた。

(これは)

とっさに周囲をうかがったとき、一方の夜空が轟音とともに赤く染まった。

御城米蔵曲輪の方角である。

(やりやがったか)

半右衛門は歯嚙みするや、地を蹴って駆け出した。

御城米蔵曲輪の米蔵は、すでに手の付けられない状態にあった。すべての蔵から猛烈な火の手が上がっている。

「水を持て。眠っている者を起こし、火消しに当らせよ。哨兵どもには持ち場を離れるなと伝えよ」

馳せ付けた兵どもに、矢継《やつ》ぎ早《ばや》に命ずるものの、消火についてはあぐねた。文字通り焼け石に水であろう。

(俺の不覚だ)

半右衛門は蔵の格子窓から噴き出す炎を見上げて絶句した。

ふと見ると、同じく炎を見上げていた兵の一人が、火事場に背を向け、一方に向かって歩いて行く。しかし、その歩き様が妙であった。この火急の時に悠々とした足取りで、その場を立ち去ろうとしている。

「待て」

半右衛門は、その兵に鋭い語気で命じた。

「某《それがし》にござりまするか」

そう言って振り向いた男は、萬翠である。

「どこへ行く」

「持ち場を離れました故、御下知に従い、戻るのでござりまする」

萬翠は小さく頭を下げた。

再び頭を上げたときが、この伊賀者の技が披露されるときである。異様なほど大きく目を見開くや、半右衛門を見据えた。次いで中指と人差し指を立て、半右衛門の眼前でそれを左右にゆっくりと振った。

いや正確には、萬翠は指を左右に振ることはできなかった。振る動作に入るや否《いな》や、半右衛門は見抜いた。

(幻術か)

声を掛けたときから相手が忍びの者だと踏んでいる。

「うむ」

一声唸《うな》るや、半右衛門は飛び下がりざま抜刀し、二本の指を斬り飛ばした。着地したときには、すでに刀は鞘《さや》に収まっている。

しかし、半右衛門は指を失った相手の男を見て、驚かざるを得なかった。

男は、顔色も変えずに切り口をまじまじと見つめていた。半右衛門に目をやると、

「まず、刀術には差し支えなかろう」

と呟いた。

刀を握るのに最も重要なのは小指である。小指から順繰りに柄《つか》を握る力を弱めていく。人差し指や中指は、刀の方向を変えるために使うのである。方向転換などは、もう一方の手でやればよい。

萬翠はそのことを言った。

だが、半右衛門にとっては刀術のことなどどうでも良い。

相手そのものに、驚嘆していた。

(こいつは――)

その伊賀者の噂を聞いたことがある。伊賀者の中には、身体に術を施され、痛覚のみを失った者がいることを。

「おのれは無痛の――」

「萬翠よ」

こういうところ、萬翠はもっとも伊賀者らしい男であった。名乗ると卑しげに笑った。

「我が百地《ももぢ》家には粒が揃うておる。我らが欲しければ伊賀へと来い」

次の雇い主になるかも知れぬ半右衛門に、一頻《しき》り宣伝した。宣伝を終えるや踵《きびす》を返し、獣のよ

うな迅さで城塀に向かって突進していった。

(逃げるか)

半右衛門は後を追った。脚の速さでは伊賀者にも負ける気はしない。長い脛《すね》を回し、脚の力に任せて突風のごとき勢いで駆けた。

萬翠は振り向いて、迫る半右衛門に小さく驚いた顔を見せた。が、すぐに不敵な笑みを浮かべた。

「いい脚だ」

(何を言ってやがる)

半右衛門は、駆ける萬翠の先に目をやった。

(塀があるぜ)

手を伸ばせばあと二尺ほどの差だ。城塀に突き当った萬翠は、進路を変えるため必ず速度を落す。ならば、確実に摑まえられるはずだ。

だが、この伊賀者に走る速さを緩める様子もなければ、進路を変える様子もなかった。もはや塀にぶつかる寸前にも拘《かか》わらず、一直線に塀へと突進していく。

(まさか)

半右衛門が刮目した瞬間、

「またな」

萬翠は背で言い捨てざま、躊躇いもなく高々と跳躍した。

(野郎)

半右衛門は、塀に激突しながら手を伸ばしたが、萬翠はすでに城塀を飛び越え、城外の虚空へと身を躍らせている。

（ちっ）

城外を覗《のぞ》けば、宙を舞っていた萬翠の姿は、火事の明かりも届かぬ山の斜面の暗闇へと、忽ち消えていった。

萬翠は、斜面にいた寄せ手の兵どもの真っ只中に落下した。兵どもは、突如降り落ちてきた男から一斉に飛び退いた。

「何者じゃ」

「騒ぐな」

萬翠は兵どもを一瞥《いちべつ》すると、さっさと山を降りていく。脚の骨が折れ、腿《もも》の肉を骨が突き破っているが、萬翠はそれを押し戻しつつ平然と歩み続けた。

兵どもは絶句するほかない。

城下町からも、詰めの城の御城米蔵曲輪に放たれた炎は観望できた。

「やったか」

詰めの城から火の手が上がるなり、喜兵衛は歓呼の叫びを上げた。

宵の口から城下町の道の真ん中に戸板を据えさせ、萬翠の働きを待ち構えていた。叫び上げると、戸板の上であぐらをかいたまま何度も手を打った。

戦における戦術とは、何も戦場での兵の駆け引きに止まるものではない。籠城戦においては、敵城の情報を集め、敵城内に流言《るげん》を発し、敵の主立つ者を寝返らせたりすることに加え、敵城の兵糧米を焼き払ったりすることまでもが戦術として捉《とら》えられている。この点で、喜兵衛はその戦術によって一勝し、半右衛門は不覚を取ったのである。

「さあ、もはや後はないぞ、半右衛門」

喜兵衛は、兎唇を歪ませ勝ち誇った者の笑みを浮かべると、睨むようにして炎を見つめた。

五

復讐

1

詰めの城の兵糧蔵に火が放たれてからひと月が経った。

すでに冬の真っ只中である。

半右衛門は、この夜も日没とともに、寒風を冒して城内の巡邏《じゅんら》を始めていた。

(ここから挽回《ばんかい》できるのか)

兵どもの目が届かない場所に来ると、深刻な顔になってしまうのをどうすることもできない。

城内を見渡せば、あれほど活気に満ちていたのが、いまでは動くものを見つけるのが難しいほどだ。

足軽たちに目を移せば、彼らは城塀に身体を預けて城外を警戒するのがやっとである。その顔は一様に痩せ細り、かがり火に浮かんだそれは幽鬼のようであった。

(こやつらをどう励ませばよい)

半右衛門に言葉は見つからない。いまは、どんな励ましも即座に気休めだと見抜かれてしまうはずである。

(こうするほかないではないか)

半右衛門は足軽に歩み寄ると、城外を警戒するその後ろから肩を力強く叩く。足軽が振り向けば、無言のまま大きくうなずいて見せた。その半右衛門も足軽と同じ幽鬼の顔をしている。

(同じ辛さを味わっている)

――それを兵どもに見せることしかできぬ。

籠城戦に臨む武将の心得の一つであった。

半右衛門は、足軽たちと同じ物を開戦当初から食していた。だが、それでも食えればまだ良い方であった。

何しろ城内には二千の兵が籠っている。僅《わず》かに焼け残った兵糧米は数日の内に底を尽き、軍馬もすべて食料となった。籠城兵たちは城内の草木までをも食糧とし、それも数日のうちに食い尽くした。

そして、およそ十五日間で、食せるものは全《すべ》て消え去ったのである。

半右衛門も足軽たちに合わせ、もう十五日間も水以外のものを口にしていない。

（兵どもはすでに限界に来ている）

半右衛門は、食料が尽きてからの十五日間、足軽の肩を叩いては、その表情を目の当りにしている。しかし、ここ数日の足軽の表情には憎悪の念すら込められつつあった。

（このままでは自滅する）

半右衛門は、戦慄さえ覚えていた。

憎悪の念は明らかに、こんな戦に巻き込んだ半右衛門をはじめ、戸沢家の者たちに向けられたものだ。

それでも半右衛門は、

（御屋形《おやかた》様に降伏を説くか）

とは考えない。

この時の半右衛門は、
――流言《るげん》、
それを恐れた。
こんな状況下では、あらゆる噂が真実を帯び、簡単に殺し合いが起こってしまう。
(図書に会わねば)
半右衛門は、意を決すると戸沢家の一族が住む御殿へと向かった。

図書は御殿にはいなかった。図書の家臣に訊くと、西の城塀の辺りにいるという。

(あいつが兵の見回りにね)

意外な思いで、西の城塀際にいくと、目当ての男はいた。

「図書」

この当主の甥は、塀際で警戒に当る兵の後方で、あぐらをかいていた。もはや立ったまま叱咤《しった》するのがおっくうになるほど、身体が衰えているらしい。

「お前か」

図書は、半右衛門の顔を仰ぎ見ると、急に小馬鹿にしたような顔を作った。

「半右衛門よ、食え」

食糧が尽きたとは言え、さすがに重臣たちの食ぐらいは僅かだが確保してある。半右衛門はそれを拒み続けていたが、図書はそんな半右衛門をあざ笑い、供される食糧を胃の腑《ふ》に収めていた。

「食わねば働かねばならぬ時に見苦しき真似をすることになるぞ」

図書は見下すように言った。

(とは言え、図書の奴も痩せた)

半右衛門は、図書の子供のように豊かだった頬を思い起こした。半右衛門ほどではないものの、いまでは随分と落ち窪んでしまっている。

「話がしたい」

半右衛門は、そう言って図書の横に腰を下ろすと、自らが持つ懸念について切り出した。

「俺とお前の不仲は家中でも知らぬ者はおらん。そうした噂は思わぬ流言の種になる」

「それ故、仲違《なかたが》いせぬようにと申すのか」

図書は冷笑で報いた。

半右衛門はそんな図書にも平静を保った。

「そうだ」

「虚仮《こけ》な」

図書は、あからさまに嘲笑《ちょうしょう》して見せると、言葉を続けた。

「戸沢家の一門たるわしに吐いた言葉を思い出してみよ。それが許されると思うか」

(やはり、そう来るか)

思うなり半右衛門は、図書にとって驚くべき行動に出た。

「この通りだ」

半右衛門はそう言うと、座を下がって膝を揃え、罪人のごとく土下座した。以前の半右衛門ならば到底考えられぬ振る舞いである。

（図書は、流言の恐ろしさを分かっていないのだ）

――流言の魔の手が一番に襲うのは、お前なのだぞ。

平伏した半右衛門は、地面を凝視しつつ思った。

流言は、まずこう放たれるだろう。

「林半右衛門は、日頃の恨みから戸沢家を裏切り、図書を討とうとしている」

「林半右衛門は、日頃の恨みから当主の戸沢利高に耳打ちし、図書に謀反《むほん》の兆しありと伝えた」

人の心が最も弱っている時である。根のないことでもないだけに、城内の者どもは易々とこれを信じるだろう。そしてその流言が図書に達した時、この男は、半右衛門に討手を放つに違いない。

そうなれば半右衛門は戦国期の武者である。この期に及んで申し開きをしたり、身に覚えのない罪を認めて自刃《じじん》したりするなど思いも寄らない。大いに戦って武人としての意気地《いくじ》を示し、図書を道連れに壮烈なる死を遂げるしかない。

そうなれば、城内の士気は木っ端《こっぱ》微塵《みじん》となるだろう。城は落ちたも同然である。

（今、流言が敵から放たれれば、城は必ず自滅する）

半右衛門はそれをありありと思い描くことができた。

図書は、土下座する半右衛門の姿に小さく驚いたような顔を見せた。だが、すぐに半右衛門の心中を見抜いたかのごとく、蔑《さげす》むような顔になった。弄《なぶ》るように言った。

「流言が飛べば、困るのはおのれであろう。戸沢家一門のわしが敵に寝返るなどあり得ぬからな。寝返るとすれば半右衛門、おのれだ」

（馬鹿野郎め）

半右衛門は歯噛みして耐えた。

図書は、流言が飛べば半右衛門に不利に働くため、命惜しさのために土下座しているのだと誤解している。仮に半右衛門が討ち取られれば、城内にどんな影響が出るのか、その先のことには考えが及ばぬものらしい。

（ここはいよいよ腹を割って話し、自滅の種を取り除くしかない）

そう考えたのが、半右衛門の不覚であった。

「図書よ、お前が俺を憎むのは俺が物言いのせいばかりではあるまい」

半右衛門は平伏したまま、核心へと切り込んだ。

「何」

「今は亡き奥方、鈴殿のせいであろう」

半右衛門は顔を上げると、図書を睨《にら》むように見つめた。

「何のことだ」

図書は思わず色をなした。

半右衛門は知っていた。

城下の町人どもが噂する、半右衛門と鈴との「仲」のことである。

――実は鈴様は図書様に嫁いだ後も、林半右衛門様に想いを寄せていなさった。

そんな噂が真実として今も城下の町人どもの間で囁《ささや》かれていた。

「町人どもが噂するようなことなどない」

半右衛門は訴えた。それはこの男自身が重々承知している。嫁入り行列に立ち塞《ふさ》がった半右衛門を、鈴が痛烈に罵倒《ばとう》したことで、はっきりしていることである。

半右衛門はそのことを伝えると、

「鈴様は、喜んで図書の奥方となったのだ」

図書に向かって小さくうなずいた。

だが、そんな言葉で図書の心は変わりはしない。再び口元に冷笑を浮かべると、吐き捨てた。

「鈴に拘《こだわ》るのは、半右衛門、おのれではないか。わしはおのれら国人領主どもを慰撫《いぶ》するために鈴を貰《もろ》うたに過ぎぬ。毎夜、重臣どもの娘を抱くわしが、鈴などに執着すると思うか」

「何」

半右衛門は怒気を発しつつある自分に気付かなかった。

図書はそんな半右衛門を見下ろして、さらにこう加えた。

「その歳《とし》になるまで妻も娶《めと》らぬおのれこそ、鈴のせいでわしに歯向かうのであろうが」

半右衛門にとって、図書の指摘はいちいち的を外れているはずだった。

「そんなことはない」

そう心平らかに図書を諭すこともできたはずである。自滅の道を塞《ふさ》ぎに来たのだ。

だが、どういうわけか、半右衛門は激昂する自分を抑えることができなかった。とっさに刀の柄を摑むや怒号を放った。

「野郎、抜け」

途端、闇を切り裂き一本の火矢が飛んできた。火矢は城外から放たれたものらしい。矢羽の音も激しく、主のいない厩《うまや》の壁に突き刺さった。

（む）

とっさに二人はその矢を凝視した。

矢には文が結び付けてある。


火矢に結び付けられた文には、降伏を促す文面が記されていた。

降伏に当っての条件は、ただ一つ。

——当主、戸沢利高の首級、
であった。

降伏の後は、戸沢家の配下にいる武将たちは皆、児玉家を盟主として仰ぐのは言うまでもない。

「よい。これ以上、家臣や領民たちを苦しめとうはない。我が首一つで恭順の意を示せるというのなら、この文にある通り、腹を切ろう」

利高は、大広間で重臣たちを前にしながら叫ぶように言った。

無論、利高にそんなつもりはない。盟主にそう言われれば、これを大真面目に受け取り、諫止《かんし》する者が必ずいると踏んでいる。

「なりませぬ」

期待通り、半右衛門が声を放った。

この時代の男は、必ずと言っていいほど単純な男道とも言うべきものを心に蔵している。

半右衛門もまた、そんな男の一人である。そして、図書に対して腹を割って話せば分かると思ったように、他人もまたそうであろうと期待していた。

ましてや、「腹を切ろう」と言っているのは、半右衛門にとっての利高である。その言葉の重みを疑いようがない。

半右衛門は利高に向き直るや、

「鋭気を残す兵を集めれば、まだ三百にはなるはず。機に乗ずれば、まだ挽回も可能にござる」

そう言うものの、挽回などおぼつかないことは百も承知である。

(誰《たれ》ぞ、何か言え)

半右衛門は、他の重臣どもの言葉を待った。だが、それはいつまで待っても発せられる様子はない。

(こいつらは――)

半右衛門は、重臣どもを鋭い目で睨《ね》め廻しながら、心中で舌打ちした。

皆、一様に顔を伏せたままでいる。半右衛門の進言が頭の上を過ぎ去って行くのを待っているかのようであった。

(このまま黙ってやり過ごし、御屋形が首になるのを待つつもりか)

半右衛門がそう言葉を継ごうとしたときである。

「某《それがし》に策がござる」

図書が声を上げた。

「申してみよ」

利高は飛び付くようにして促した。実を言えばこの当主は、最前からの半右衛門以外の重臣どもの様子に、内心、冷や汗さえ掻《か》いていた。だが、盟主としての振る舞いを知り尽くしているゆえか、おくびにも出さずにいた。

「は」

図書は利高に向き直ると、一気にまくし立てた。

「鉄砲試合にて勝った小太郎とか申す小僧を呼び寄せるのでござりまする。強薬を込めた種子島にて将のみを撃たせれば、七千の兵といえども混乱に陥りましょう。そこを突く」

（なんだと）

半右衛門はとっさに目を剝いた。

しかし、半右衛門が怒号を上げるより先に、利高は追いかぶせるようにして言葉を放っていた。

「そんなことができるのか」

身を乗り出すようにして訊いた。

可能か不可能かを訊いているのではない。

「策が実行できるなら腹は切らない」

つまりは、

「腹を切る気など毛頭ない」

と暗に示すことこそが、発言の真意であった。

策を献じた図書からして、自らの策が到底可能であるとは思っていない。利高切腹の空気があまりに濃厚である故、破れかぶれの打開策を発し、戸沢家の命運を辛くも繋ごうと考えたに過ぎない。

ゆえに、図書は大いに自信のあるところを示さねばならなかった。利高の問いに激しくうなずくと、

「あの鬼神の腕をもってすれば」

力強く言った。

利高と図書が発する空気を機敏に嗅《か》ぎ取ったのは、図書に娘を献上した松尾である。利高に切腹の意思がない以上、ここは図書の策に乗らねばならない。

「じゃが、あの重囲を破り、その小僧の元に行くとなれば、よほどの剛の者でなければなりませぬ」

腕を組んで思案顔をして見せた。

利高の切腹話はすり替えられた。

松尾の発言を皮切りに、他の重臣たちまでもが、我先にと図書の策に肉付けを始めたのだ。

どこから狙撃するのか。

余りに離れては鉄砲弾も届かないのではないか。

十一歳の少年を戦場に駆り出すのは如何《いかが》か。

この非常時には是非もない。

等々である。

議論百出したが、いずれの発言者にも共通していることがあった。

——図書様が献じた策は必ず失敗する。

ただ一人、半右衛門だけが、策の成就を信じた。だが、それは小太郎の技量だけを見ればの話

である。問題は小太郎の心の中にあった。

(あの小僧に人など撃てるはずがない)

半右衛門はそう思うなり、

「馬鹿言っててんじゃねえ」

広間に響き渡るほどの大声で叫んだ。

広間の一同は、一斉に声の方へと注目した。

見れば、半右衛門は床を凝視したまま、二の句を継げないでいる。

(小太郎はな――)

半右衛門は心中で叫び上げていた。

(優し過ぎるのだ)

触れれば砕ける陶器のごとき小太郎を思った。

「申したきことがあるなら、早う申せ」

図書が冷ややかな視線を半右衛門に向けた。

(決して、戦になど出してはならんのだ)

半右衛門は、轟然と立ち上がるや吠《ほ》えた。

「武士とは何か、合戦とは何か。おのれと敵の武と武をぶつけ合い、比べ合い、武でおのれの綺《き》羅《ら》を飾ってこそ戦ではないか。種子島で将を討ち取り勝とうなど、卑怯者の為《な》すことじゃ」

小太郎の心のことなど話しても埒《らち》が明くとは思えない。それ故、半右衛門は、心中で巡っていた考えとは似ても似つかぬことを言い放った。

「この期に及んで小太郎めが手柄を立てるを邪魔立てし、功名を漁《あさ》るか」

怒気を放って的外れなことを言うのは図書である。

「誰がそんなこと言った」

半右衛門もまた怒気を以って返した。ほとんど条件反射で図書に飛び掛からんとしたとき、

「控えよ図書」

利高が叱り付けた。

「半右衛門を残し、他の者は外せ」

こうなれば、半右衛門は息を抜いて再び自席に戻るほかない。

「半右衛門よ」

広間に二人きりになると、利高は座を移して半右衛門の隣に胡坐《あぐら》をかいた。

「わしはどうなろうと構わぬ。だが勝つ手立てがあるのであれば、わしはそれに賭けたい。図書めの策を取ってはくれぬか」

深々と頭を下げた。

(できぬ)

半右衛門は、無言のままでいた。

しかし、拒めば利高は死ぬことになる。

「御無礼仕りまする」

それだけ言うと、広間から出て行った。

2

（今一度）

御殿を出た半右衛門は、城内を歩きつつ意を決していた。

（俺が突出を試みる）

単身、城から躍り出て、堂々名乗りを挙げて闘死する。この壮烈な死によって城兵たちは勇気を奮い起こし、挽回の手がかりを摑むかも知れない。籠城戦において、一人の名のある武将の闘死が、全軍を奮い立たせる例はまれではない。

（やるのだ）

そう思うものの、自らが闘死したとて城方が勝利することなどほとんど不可能だとも考えている。何しろ兵どもの衰弱がひどい。

（一人でもやるのだ）

半右衛門は地面を見据えつつ、目に力を込めた。

当時の武者どもが第一の死に様と憧《あこが》れたのが、壮烈なる闘死である。闘死せずとも自刃する時でさえ、派手が上にも派手を好んだ。

「俺が死に様を手本とせよ」

と敵の衆目の中で叫び上げて腹を切り、腸を摑み出して投げ付けるといったことをするのはこのためである。

半右衛門も、そんな好みを持つ一人である。

御屋形様をむざとは死なせぬ。

だが、小太郎を戦に出すわけにもいかぬ。

（ならば闘死することで万に一つの可能性に賭けるしかない）

半右衛門は窮していた。万に一つの可能性に賭けることよりも、むしろ自らの憧れである闘死自体が、すでに目的となりつつあった。

ふと顔を上げると、犇《ひし》めくように建ち並んだ幕舎の群れの中にいた。夜更ゆえ、いずれの幕舎も明かりが消されている。中の兵どもは警戒を哨兵に任せ、身体を休めているのだろう。

（む）

見れば、幕舎のひとつから灯影が洩れている。

（博打《ばくち》か）

半右衛門は、思わず笑みを洩らした。

当時の武者どもは博打を盛んに打った。これを悪と見るのかどうかは家風によってまちまちで、戸沢家では特に禁じてはいない。

半右衛門も別に好むものではないが、仲間に入るか、と思ったことを、即座に後悔することになる。

幕舎の帳《とばり》を上げ、中を覗いた。

（何だ）

異様な臭気に、とっさに手で鼻を押さえた。

兵どもは、車座になって鍋を囲んでいる。それが一斉に半右衛門の方を向いた。いずれの顔にも表情がなく、目からは何の感情も読み取れなかった。

（何たることだ）

兵どもの表情にではない。兵どもがこちらを向いたことで垣間見えた、鍋の中身に戦慄した。鍋から、人間の足が飛び出していた。

人を食う。

籠城戦においては、まれにではあるがいくつか見られる事態である。史料によれば、人間の頭がもっともうまいらしく、それを兵どもは奪い合ったともいう。

（俺のせいだ）

半右衛門は、目も眩《くら》むような思いの中で、そう悔やんだ。

（勝たねばならぬ）

眼前の光景に、突出のことなど瞬時にして消え去った。

万に一つの可能性に賭けるのではない。

（必ず勝って、兵どもの命を救わねばならぬ）

こちらを呆然と見つめる兵どもを見据えつつ意を決した。

（――神の左腕を借りるのだ）

無論、兵どもを救いたいのであれば、利高に切腹を薦め、小太郎を戦に出さない、という選択肢もあった。

だが、半右衛門はそうは決断をしなかった。

これが、戦国武者たる半右衛門の限界であった。

半右衛門が利高に切腹を薦めなかったのは、忠義心からではない。

戦国の男が武名に執着する様は、現代の人間から見れば、異常とも言うべきものがある。この執着のために、自らの命を懸けもすれば、他人の命を奪いもした。そんな男たちだからこそ、我が武強を認める者を絶えず必要としたのだ。

半右衛門にとっての利高は、その「武強を認める者」である。

――兵どもの命を必ず救わねばならぬ。

こう考えたとき、半右衛門でなくとも戦国の男であれば、利高の命を救う方を選ぶはずである。

(待ってろ)

半右衛門は兵どもに心中で言い残すや、踵《きびす》を返した。小太郎を戦へと誘う案は、すでに腹中にある。

(しかし、それに俺は耐えることができるのだろうか)

胸の内で戦慄さえ覚えた。


半刻後、半右衛門は、もっとも敵兵の手薄な西の城塀の方に前のめりになって歩みを進めていた。

城が貸し出す貧弱な胴に股引《ももひき》を付け、脛を丸出しにしている。どう見ても、足軽そのものの出《い》で立ちであった。

「坊」

三十郎が追い縋《すが》るように後を慕って来た。手には左構えの鉄砲を持っている。

「本当に行く気か」

「くどい」

半右衛門は振り向きもせずに怒鳴り返した。

塀際には、図書が待っている。半右衛門を認めると薄ら笑いを浮かべた。

「お前、わしが策を容《い》れたらしいな」

図書にとっては、到底成就などする策ではない。みすみす死地へと赴く薄ら馬鹿としか思えなかった。

「うむ」

半右衛門は厳しい顔でうなずくと、ここで明かすべきことを明かした。後の戦術のためには、図書に策の絶対成就を信じさせねばならない。

「あの小太郎という小僧、雑賀《さいか》衆の者だ」

半右衛門はそう言った。

「何」

図書もその一党を知っている。鉄砲という新兵器が、懐疑的に見られながらも新鮮さを有し、それを自在に扱う雑賀衆の名が一種、神秘を帯びて聞かれた時代である。

図書もまた、雑賀衆の名をそう聞いた。

「それ故、あれほどの」

すでに策の成就への疑いを晴らしつつあった。興奮を伴った笑みを浮かべ始めていることでもそれが分かる。

半右衛門は大きくうなずいた。

「委細《いさい》は三十郎に訊け。合図があれば躊躇《ためら》うことなく突出するのだ」

次いで三十郎に向き直り、「貸せ」と、左構えの鉄砲をひったくった。胴の背中にできた隙間《すきま》に鉄砲を落し込んだ。

「坊」

泣き顔で言う三十郎に、

「三十、ぬかるなよ」

短く告げるや、城塀に掛けた縄を外へと投げた。次の瞬間には縄を伝って城外へと身を躍らせていた。

驚いたのは、寄せ手の哨兵だ。縄を伝って急降下してくる兵がいる。なにしろ城方には兵糧がなく、兵どもも死人同然と思っている。

油断した。

見れば、急降下してくる城兵は、僅かにしか縄を握っていないのか、かがり火に浮かぶその姿は落下しているように見える。忽ち空堀の中へと姿を消した。

「松明を」

寄せ手の兵が叫ぶと、数十からいた兵たちが、次々に堀の中へと松明を投げ込んだ。

(ちっ)

半右衛門は、みるみる明るさを増す堀の底で舌打ちした。食による燃料が身体に残っていないせいか、堀の底に降りたぐらいのことで、全身の関節がばらばらになるかのような異様な衝撃を覚えた。

（えい、ままよ）

半右衛門は刀の鯉口《こいぐち》を切るや、堀を駆け上がった。寄せ手の兵を認めるなり、

「うむ」

抜き打ちに斬って斃《たお》した。

（これが、まこと俺の身体か）

わずかに一度、刀を振った程度で息切れがする。槍衾《やりぶすま》を立てた敵兵たちを前に再び舌打ちした。

（三十、頼むぞ）

念じながら、刀を沈めて一方へと突進した。と同時に、半右衛門の後方から矢が次々に掠《かす》め飛んで来た。矢は半右衛門の前方に立ち塞がった敵兵を次々に薙《な》ぎ倒していく。城塀際に集めた弓兵が矢を放ったのだ。

（ようやった）

半右衛門は矢を免れた敵兵の横胴を薙ぎ払うや、寄せ手の兵の壁を破って、松明も届かぬ闇へと飛び込んだ。飛び込むなり、暗闇を選んで山の斜面を駆け下った。

「追え」

寄せ手の兵の声が背後で聞こえる。別方向に遠ざかっていくその声を背で受けながら、半右衛門は駆ける足を緩めた。

（ここからぞ）

半右衛門は悠然とした足取りで再び山を降った。

敵兵に出会う度、

「城方より逃走を図る者がおった故、斬り捨てた。これよりこの旨、報《しら》せに参る」

と言い捨て、警戒の網をすり抜けた。

「待て」

と、訝しげな顔の敵足軽に制止されたのは、麓《ふもと》も間近のころである。

「在所と姓名を言え」

三人連れのその足軽は、そう問うた。明らかに半右衛門を城方の者だと見抜いている様子である。

「わしか」

半右衛門はうつむいていた顔を上げた。

「戸沢家家中、林半右衛門とはわしのことじゃ」

大喝するなり、問うた足軽を袈裟懸《けさが》けに臍《へそ》の下まで斬り下ろした。

驚愕《きょうがく》したのは、残り二人の敵足軽である。粗末な胴を身に付けた男は、この戦場でもっとも会ってはならぬ男だったのだ。

「見たか」

硬直する敵足軽の首二つを斬って飛ばすや、

「敵じゃ」

と喚《わめ》きつつ、獣のように再び山を駆け下りた。

「わしも行く」

と叫んだのは、城塀際にいた三十郎である。

城から見れば、山腹の暗闇のあちこちで銃火が閃《ひらめ》き、刀槍の激突する硬音や怒号が聞こえてくる。

「行くのじゃ」

涙を噴き出させながら三十郎は喚いた。城塀から身を乗り出し、いまにも縄もなしで飛び降りてしまいそうな勢いである。

「よせ」

図書が三十郎の肩を押さえた。

「おのれが選んだことだ。半右衛門一人で行かせよ」

三十郎は、振り向いた。

図書は冷笑を浮かべているに違いない。であれば、三十郎は殴りつけてやろうと腹を決めていた。

だが、図書は真顔でいた。この時代、男の価値は勇敢さでしか示すことはできない。図書でさえ、半右衛門の決死の覚悟には人知れず心を震わせていたのだ。

三十郎は、そんな図書を不思議の顔で凝視していた。

3

半右衛門が単身、突出を図っていたころ、小太郎たちが暮らす熊井村では寄り合いが行われていた。

「このままでは、何もせぬまま城を明け渡すのは必至じゃぞ」

目を怒らせて周囲の村人たちを睨め回したのは、玄太の父、与作である。

すでに城の米蔵が焼かれたという噂は、熊井村にも達している。現状の維持を求める領民としては、領主が変わることはできれば避けたい。そのため、各戸の主が屋外の寄合場に集まり、碧山城を救う手立てを練っていたのである。

「いまならまだ間に合うかも知れぬ。我ら地鉄砲が後ろ巻となり、城方に加勢しようではないか」

与作は焚き火の炎に顔を真っ赤にさせながら、そう主張した。

村人たちも目に力を込めながら力強くうなずいた。

だが、関心なさげな顔で溜息さえ洩らしている老人がいる。

小太郎の祖父、要蔵である。肩で一つ息を吐くや、その場を立ち去ろうとした。

「どこへ行く」

与作は鋭く言った。玄太と同じく背丈こそ人並みだが、分厚い肩肉を持ったちょうど蟹《かに》のような体格である。その体軀《たいく》で老人を威圧した。

要蔵は、そんな与作の調子を意にも介さない。

「戦など武士どものやることじゃ。我らが手を貸す道理はない」

「手柄を立てれば褒美が出る。うまく行けば、家臣の列に加えられるやも知れぬのだぞ」

与作の狙いはこれであった。

もともと玄太の父親は、武家奉公を望んでいた。これまでも、熊井村を領有する地侍から動員を掛けられた際には、必ずと言っていいほど自ら志願していた。戸沢家の当主や重臣の目に留まるためにである。しかし、この籠城戦が開始されるに及んで、与作はその選から洩れてしまった。熊井村の地侍は、この男を使い走り程度にしか見ていなかったのである。

「どうだ」

与作は喰らいつかんばかりの表情で迫ったが、要蔵は露骨にあざ笑った。

「武家奉公など望んではおらぬ」

ここで与作は、要蔵にある提案をした。

事前に村の主立った者には、話を通してある。

——小太郎を借りれまいか。

ということである。

鉄砲試合に参加した小太郎のことは、村中に知れ渡っている。子供の小太郎を戦に参加させるのは禁じ手ではあったが、いまは非常の時である。

与作はそれを言った。我知らず語気を和らげてしまっている。

「断る」

要蔵に受け入れられるはずがない。ほとんど怒気を発するような勢いで峻拒《しゅんきょ》した。

「行くならおのれらだけで行くがよい」

踵を返すと、荒々しい足取りでその場を立ち去った。

(そろそろ潮時か)

要蔵は、村はずれにある自らの猟師小屋へと向かっていた。固い土を踏み締め、山を登りながら思案に暮れている。

敗戦間近の戸沢家に、猟師村までが動揺していた。となれば、

(なりふり構わず、小太郎を徴発してくる日も近いかも知れぬ)

眉間《みけん》にしわを寄せた。

小太郎は小屋にはいなかった。大方、朝に仕掛けた罠を見にでも行ったのであろう。

(もう真夜中過ぎだぞ)

要蔵は、乱暴な調子で上がり框《かまち》に腰を下ろすと、大きく溜息をついた。

(そろそろ他の土地に移るか)

そう思うものの当てなどない。


それから半刻が過ぎたが、小太郎は戻らない。

要蔵は孫を待ちながら、炉の明かりを頼りに鉄砲の手入れをしていた。

手入れはごく簡単である。

要蔵は、まず鉄でできた銃身を木製の銃床から取り外した。銃身は言ってみれば、鉄の筒である。次に、その銃身の底を塞いだ螺子《ねじ》状の尾栓《びせん》を抜いた。

これで銃身はただの鉄の筒になる。さらに要蔵は、炉に掛かった鍋から柄杓《ひしゃく》で湯をすくい、筒の中に流し込んだ。筒の下からは詰まった硫黄や木炭の糟《かす》が湯に溶け、流れ出てくる。

この後、銃身内を油で磨けば、手入れは終わりである。

要蔵が、再び銃身を銃床に取り付けたころ、小屋の戸を叩く音がした。

ただの音ではない。何かに追われる者が立てる、激しく忙《せわ》しげな打音である。明らかに小太郎ではない。

「誰じゃ」

戸に向かって声を放った。

返事はない。

(何者だ)

用心のため傍にあった薪《まき》を摑んで立ち上がり、土間へと降りた。戸を勢いよく開けると、倒れ込んできたのは、半右衛門である。

半右衛門は土間に転がるや、要蔵に脇目も振らず、土間に据えられた水瓶に這って行った。

(これは酷《ひど》い)

要蔵は、立て続けに柄杓で水を飲む半右衛門の身体に目を見張った。

無数の刀傷を負い、全身が朱《あけ》に染まっている。身体中が襤褸《ぼろ》切《き》れのようで、もはや肌なのか着衣なのか選別が難しいほどだ。

だが、半右衛門の惨状に気付くと同時に、その背に負うた物が目に飛び込んできた。

(――左構えの種子島)

要蔵は、半右衛門がここにやって来た狙いを即座に理解した。土間に座り込んだまま、水瓶からこちらに向き直る半右衛門に、厳しい顔を向けた。

「小太郎なら渡せんぞ」

半右衛門はそんな言葉が投げ掛けられるだろうことは承知している。動ずることなく要蔵を見上げた。

「頼む。兵どもが人を食うまでになっておる。どうしても小太郎の腕が必要なのだ」

「断る」

要蔵は断固とした調子で言う。

「どうしても駄目か」

半右衛門は、睨むようにして要蔵を見つめた。

要蔵にとっては、とうの昔に半右衛門に釘を刺したことである。城兵どもの苦境には胸が痛むが、孫の命には代えられない。

「戦など起こすから斯様《かよう》なことになる。諦めよ」

にべもない口調で言い放った。

すると、半右衛門は一度下を向いて、大きく息を吐いた。次いで妙なことを言い始めた。

「無理に連れ出したとて、あのような性質では小太郎は人を撃とうとはせぬだろう」

(何を言っている)

要蔵が常々思っていることである。訝しげな顔をした。

半右衛門は続ける。

「目的を持てば、小太郎は人を撃つだろうか」

「何が言いたい」

要蔵には、まだ分からない。不審な表情を一層、深くした。

半右衛門は、相変わらず顔を伏せたままである。その体勢のまま別な問いを発した。

「小太郎はどうした」

居場所を明かすわけにはいかない。

「ここにはおらぬ」

「そのようだ」

呟くように言うと、半右衛門はようやく顔を上げた。

(何だこれは)

要蔵は半右衛門の顔を見るなり、思わず後ずさりした。

ゆっくりとした調子で要蔵に向けられる半右衛門の顔は、目は血走り、眉尻《まゆじり》は極端にまで上がり、髪は逆立った、鬼のごとき形相だったのだ。

(まさか)

要蔵はこの時、気付いた。

半右衛門が小太郎のことを訊いたのは、その所在を尋ねたのはでない。その不在を確かめたのだ。この戸沢家の猛将は、猟師小屋に来たその時から、非情な決意を胸に秘めていた。

「おのれ」

要蔵は怒号を上げるや、とっさに手に持った薪を振り上げた。と同時に半右衛門は抜刀し、身体ごと要蔵にぶつかっていった。

刀は要蔵の腹から背までを貫いた。それでも半右衛門は突進を止めない。満身創痍《そうい》の男のどこにそんな力が残っているのかと思うほどの膂力《りょりょく》で、土間から板敷きに上がり、小屋の壁に刀ごと要蔵を押し付けた。

「おのれ、何ということを」

間近で荒い息遣いを繰り返す半右衛門に、要蔵は喰らい付かんばかりに吠えた。

「許せ、兵どものためなのだ」

半右衛門は叫ぶように言うが、そんな言葉、要蔵にとっては欺瞞《ぎまん》そのものである。目を飛び出さんばかりに見開いた。

「おのれらのためであろう。おのれら武士のためであろうが」

半右衛門は躊躇《ためら》わない。

「許せ」

叫び声とともに、刀を抉《えぐ》った。

(——小太郎)

途端に暗闇となった要蔵の視界に微かに浮かんだのは、頼りなげな孫の姿である。だがそれもすぐに消えた。

半右衛門は息絶えた要蔵から刀を引き抜いた。炉の近くに屍骸を横たえると、呆然と要蔵の死顔を見つめた。

（この禍々《まがまが》しさは何だ）

この時代の男たちは、戦場で敵の命を奪うことで心が傷ついたりはしない。この男たちは、時の運によって命を奪い、あるいは奪われることを覚悟の上で戦場に臨む。それゆえ正々堂々敵と渡り合い、打ち勝てば素直に喜んだし、それを誇りとした。

無論、こうした戦国の世を嫌って、「我が子孫は武士にはならぬように」と遺言して死んでいくといった、後の世から見れば普通の人間もいたにはいたが、それは例外である。

ほとんどすべての男たちが、人の命を奪うことで立てられる武功の価値に何の疑いも抱かなかった。

半右衛門が奪った命は百はくだらない。だが、人の命を奪うことに慣れきったはずの男が、最前から動転しきっていた。

無論、理由は半右衛門も承知している。

これが名誉の戦ではなく、ただの人殺しだからだ。

（ありのままを小太郎に話すのだ）

半右衛門がそう悔いたころ、戸を軋《きし》ませ開ける音がした。弾かれたように顔を起こして戸口を見ると、小太郎が獲物の兎《うさぎ》を持って入ってくるところであった。

「あ」

小太郎は、半右衛門の姿を認めるなり、目を輝かせた。その途端に、要蔵の異変に気付いた。

「じい」

叫ぶや、床に跳ね上がった。乱暴な調子で半右衛門を押しやると、屍骸の肩を摑み上げ激しく揺さぶった。

「じい、じい」

尻餅《しりもち》をついた半右衛門は、力なく立ち上がった。飽く事もなく屍骸を揺さぶり続ける小太郎の姿を、凝視し続けていた。

(話すのだ)

心を決めると、半右衛門は小太郎の背に向かって言葉を掛けた。

「すまなかった」

頭を下げた。

しかし、次いで発せられた言葉は、決意とは正反対のものであった。

「一歩遅かった」

半右衛門はそう言った。

(今さら引き返すことなどできぬ)

猟師小屋に入ってきた時の決心に立ち戻っていた。

――御屋形と兵どもが待っている。

その想いが、男を鬼にさせていた。

少しでも気を緩めれば、小太郎にありのままを話してしまいそうな自分がいる。半右衛門はなりふり構わず一気呵成《かせい》に言葉を継いだ。

「わしが来た時には、男たちが爺様を押さえつけ、腹を刺しているところであった」

「誰がじいを殺したんじゃ」

小太郎は、涙で濡《ぬ》れ切った顔を半右衛門に向けた。半右衛門は思わずひるんだが、

「我らが敵、児玉家の者どもじゃ」

言い切った。

「その者どもがじいを殺したんじゃな」

「間違いない」

半右衛門は目をぎらつかせながら力強くうなずいた。


半右衛門と小太郎は、長い時間をかけて要蔵の遺体を小屋の傍に埋葬した。

「じい」

小太郎は、土饅頭《どまんじゆう》の墓に最後の土を盛った後、膝を付いてその土を握り締めたままでいた。

「小太郎よ」

背後にいた半右衛門が、そう呼び掛けた。

小太郎は、同じ姿勢のまま返事もしない。

半右衛門は構わず言葉を続けた。

そしてその言葉こそ、半右衛門が城を出たときから心に秘めてきた謀《はかりごと》であった。男はこの言葉を小太郎に発するために、決死の覚悟で城の重囲を突破してきたのだ。

「じいの仇《あだ》を討ちとうはないか」

半右衛門はそう言った。

じいの仇とあらば、小太郎の心にも怒りの炎が点火するはずである。ならば、この小僧は容赦

なくその神の左腕を発揮するに違いない。

「おのれの腕を活かし、見事じいの仇を討って見せよ」

半右衛門はそう言葉を放った次の瞬間、言葉を失った。

――何だこれは。

傍らの焚き火に浮かび上がる小太郎の姿に、危うく後ずさるところであった。炎の加減でゆらりと揺れるその姿は、燃え盛る闘志そのものに見えた。

(これが雑賀衆の血か)

血によってその者の持つ技量も勇気も、すべてが継承されると考えられていた時代である。半右衛門もまた、小太郎の変化を雑賀衆の血によるものだと考えた。そして、何か決して目覚めさせてはならない怪物を起こしてしまったかのような戦慄を覚えた。

小太郎は乱髪をざわめかせながら、ゆっくりとこちらを向いた。

小太郎の顔に、半右衛門は改めて目を見張った。

(――表情が消えた)

半右衛門の顔を通り越して、その先の物を見ている。

この表情を、半右衛門は知っていた。左構えの種子島を構えた時、小太郎は同じ顔をしていた。少年は、すでに仇の姿に狙いを定めているのに違いない。

「これを使え」

聞けば、小太郎が褒美にもらった左構えの鉄砲は、死んだ要蔵がすでに破壊してしまったという。半右衛門は、城から背負ってきた今一つの左構えの鉄砲を、小太郎に突き付けた。

小太郎は表情のない顔のままそれを受け取った。次いで、無言のままゆっくりとうなずいた。

4

「来た」

三十郎が城塀際で叫んだのは、翌日の昼も過ぎたころである。

――小太郎を連れ出すことができれば、城山から狼煙《のろし》を上げる。

半右衛門はそう言い残して、昨夜城を去った。

しかし、真昼になっても狼煙は上がらない。小太郎が住む熊井村までは、邪魔がなければ二刻もあればたどり着けるはずである。

(まさか坊、道半ばで首になったのではないじゃろうな)

三十郎がようやく焦り始めたころ、城下町のはるか先の城山から狼煙が上がったのだ。

「図書様、狼煙にござるぞ」

三十郎は狂喜しながら、後方にいた図書に叫んだ。

図書は五百の兵を従えて控えている。すでに、重臣らが食うはずの兵糧を根こそぎ集めて敵から炊煙の見えぬよう密かに粥《かゆ》を炊き、鋭気を残す兵たちに与えていた。その兵が五百人だったのである。

図書は、三十郎の叫び声を聞くや、大声で下知した。

「弓衆」

五百の兵のうちの二百が城塀ぎわから半身を乗り出し、一斉に弓を放った。寄せ手が僅《わず》かに怯《ひる》む中、重ねて下知を飛ばした。

「突出」

下知が飛ぶや、南門が勢いよく開かれた。兵たちは門へと殺到し、次々に堀の底へと飛び降りて行った。

兵が突出したのは、門からだけではない。

城方はすでに城を捨てて掛かっている。

「塀を」

図書が命ずるなり、矢を放った兵たちが弓を大槌《おおづち》に持ち替え、城塀を叩き壊したのだ。

塀を壊したとて、敵兵は容易には詰めの城の斜面を登ることはできない。登るのが可能になった時は、すでに城方の負けが決したときである。当主の利高は城に留まり、突出が失敗に終われば、速やかに城に火を掛け、自刃する手筈になっていた。

三十郎は、兵たちが半ば突出を終えたころ、塀の破れ目から城を飛び出し、堀の底に向かって崖を滑り降りた。図書は最後に城を出るはずである。

「広がるなよ。密集して敵に掛かり、まっしぐらに城下町を目指すのじゃ」

三十郎は大音声で叫びつつ、堀の底から敵が展開する山の斜面の方へと駆け上がった。

予期せぬ突出であった。城を見上げれば、城方の兵どもが、南門と塀の破れ目から洪水のごとく噴出している。寄せ手に僅かな動揺が走った。

七千を越す軍団といえども、寄せ手は城を全方位で囲んでいるのである。それを先鋒《せんぽう》、二段、三段と配置すれば、最前線の兵など五百程度に過ぎない。城方の兵たちは、まずこの五百のみに狙いを定め、突進したのだ。

噴出した城方の兵たちは、一度は堀の底へと見えなくなる。しかし、僅かの間に堀を駆け上がり、再び姿を現した時には、密集陣形を組んだまま、巨大な怪物のごとく寄せ手の兵へと襲い掛かった。


「始まった」

半右衛門は、すでに城山にはいない。小太郎を連れ、田の中の畦道《あぜみち》を駆けている。射撃位置と決めた碧山の山中に向かっていた。

無論、碧山には敵がいるはずである。だが、鉄砲の射程を考えれば、碧山の山中に入るしかなかった。敵に狙撃を邪魔されれば、半右衛門一人で何とか斬り防ぐ腹である。

碧山の山頂を仰ぎ見れば、冬のこととて山の木々の葉は落ち、ありありと戦況を把握することができた。城方の兵どもは、真っ黒になって寄せ手の軍勢に当っている。徐々にではあるが、山を降りつつあった。

(だが、これも間もなく終わる)

敵は虚を突かれただけに過ぎない。

(喜兵衛ならば)

花房喜兵衛ならば、すぐにでも陣形を変えて我が軍勢の突出を迎え撃つはずである。もたもたしていれば、突出した我が軍勢は、たちまち包囲され殲滅《せんめつ》されるに違いない。

（くそっ）

半右衛門は、心中で悔やんだ。

何しろ身体が重い。猟師小屋を出る前に少量の猪汁《いのししじる》をすすったが、重囲を突破した傷と失った血はいまだ回復しない。早足程度で駆けるのが精一杯であった。

（このまま、碧山にたどり付けなんだら洒落《しゃれ》にもならん）

一方を見た。

「伏せろ」

駆ける小太郎の頭を押さえて地に伏せた。

敵の騎馬武者およそ十騎が城山の方角へと疾駆していく。狼煙を上げた者を捕えに行くのに間違いあるまい。

（狼煙を上げてから、突出までに今少し時があれば）

半右衛門は頭をもたげて敵の騎馬武者たちを見送りつつ、由無《よしな》いことを思った。

敵が凡庸であれば、狼煙を上げて悠々と射撃位置に付いた後、突出させることもできた。

（喜兵衛相手にそれは無理だ）

狼煙が上がれば、喜兵衛は突出を読み、それに備えることだろう。それでは城方は、突出した瞬間に粉砕されてしまう。ゆえに半右衛門は、

——狼煙を見れば即座に突出しろ、
と三十郎に命じていた。

（だが、それが今、仇となりつつある）

半右衛門は、腰を上げた。

見渡すと、視線の先に碧山城の天然の要害たる芦野川が流れ、その先に城下町、さらに先には戦闘の真っ只中にある碧山が腰を据えている。

（城まであと十町もある）

十町といっても直線距離でのことである。これから川を渡り、城下町を避けて迂回《うかい》し、碧山へと入らねばならない。普段なら何でもない距離だが、負傷した身体には堪《こた》えた。

（やはり間に合わぬか）

半右衛門が心中で天を仰いだとき、小太郎から驚くべき一言が発せられた。半右衛門だけではない。この時代の者であれば、必ず驚きをもってこの言葉を聞いたに違いない。

「あそこでいい」

小太郎はこともなげにそう言った。その指差す先には、こんもりと盛り上がった小山があった。土地の者は「姫山《ひめやま》」と呼んでいた。だが、その姫山からでも、まだ五町（約五百四十メートル）程度も離れている。

（そこから撃つというのか）

半右衛門が唖然《あぜん》とするのも無理はない。

火縄銃の有効射程距離は、最大でも百メートル程度とするのが一般的である。半右衛門が無茶な距離だと思った先の鉄砲試合の的でさえ、一町半（約百六十メートル）程度のところにあった。火薬の量を増せば弾は飛ぶことは飛ぶが、曲線を描いてあらぬ方向へと行ってしまうのが常である。到底、狙撃が可能な距離だとは思えない。

しかし、史上、この五町の距離で敵を狙撃したものがいる。この半右衛門の時代からおよそ八十年後、江戸期に勃発《ぼっぱつ》した島原の乱でのことだ。細川家の松野亀右衛門というものが、この距離で敵を仕留めた。しかも数発撃ったが、空箭《あだや》はなかったという。

(できるはずがない)

半右衛門が、八十年後の史実など知ろうはずがない。不可能だと思わざるを得なかった。

だが、疑問を挟んでいる暇はなかった。小太郎は半右衛門の返事も待たずに立ち上がり、姫山へと向かっていったのだ。

(できるのか)

小太郎の背を凝視した。

姫山には敵兵はいないはずである。

それも当然であった。

城方に兵が多ければ、川を挟んで碧山城と対峙するこの姫山に本陣を据えるのが通常である。しかし、城方はすでに詰めの城へと追い上げられている。いま喜兵衛が展開しているように、より城に近い城下町に本陣を進め、先鋒は碧山の山中にばら撒《ま》くのが常道である。

(もはや、やるしかない)

腹を括るや、小太郎の後を追った。

城方突出す、の報に、喜兵衛は屋敷から城下町の道へと飛び出していた。

「むう」

碧山の山頂付近を凝視した。

塊となった城方の敵兵が、味方の兵たちを圧しつつある。

(——死兵か)

喜兵衛はとっさに見抜いた。

すでに死を覚悟した兵たちをそう呼ぶ。敵と見れば途轍《とてつ》もない勢いで襲い掛かる狂犬のごとき者たちである。

——死狂いする敵に戦はせぬもの。

このことが、心得とされた時代である。

だが、喜兵衛はここで戦を避ける男ではない。

「平三」

傍らに侍《じ》していた若者の名を呼んだ。

「は」

平三は、顔を上げた。憧れの武将の下知を待ちわびた者が見せる歓喜の顔を向ける。

(その面《つら》やめろってんだよ)

喜兵衛は苦い顔になりながら、

「詰めの城の南門付近に全軍を集中させよ。敵は死を決しておる。あなどるなと各将に伝えよ」

「御意」

平三は傍に置いた馬に飛び乗り、城の方へと駆け出していった。

(俺が行ければ)

喜兵衛は引き色立った味方の軍勢を睨《にら》むように見た。

どうにか立って歩けるようにはなったものの、半右衛門に刺突《しとつ》された傷が癒《い》えていない。到底、槍働きなどできない。本陣に居座って下知するのが精一杯だった。

(もっとも、それが総大将の役目なんだがな)

いつも一騎駆けの武者のように働くことから、家中でも様々揶揄《やゆ》されている。喜兵衛はそう思うと、心中で苦笑した。


半右衛門の踏んだ通り、姫山に伏兵は配置されていなかった。

(喜兵衛はもはや陣形を変えたか)

木の幹の陰にしゃがんで身を潜めながら、猶予はないことを知った。

姫山から、芦野川と城下町の先の碧山を観望すると、密集陣形で山を駆け下る城方の兵が見えた。その行く手を阻むように、左右から七千の敵兵が群がりつつある。

(あの七千の総掛かりにあえば、我が軍勢は全滅する)

しかし、半右衛門が次に得ていたのは、我が軍勢の勝利への兆しである。

(掛かったな、喜兵衛)

思わず拳を握り締めた。

突出する死兵を破るために、喜兵衛ならば兵力を必ず集中させるはずだ。だが、それは同時に、小太郎という野獣の前に、みすみす軟らかい腹を全軍が見せることにほかならない。

(喜兵衛よ、神の腕に刮目《かつもく》せよ)

半右衛門は心中で叫んだ。もはや、小太郎の腕に疑いを抱くのはやめた。

「小太郎よ」

碧山を食い入るように見つめる少年に向き直った。山の一角を指差し、

「あの朱の甲冑の武者が見えるか」

敵の足軽を指揮する足軽大将は甲冑で分かる。粗末な土色の胴を付けた足軽どもの中で、それらの侍は一際目立った。

朱の甲冑の武者は、山中にも拘わらず馬に乗っていた。戦闘の最前線で先鋒の足軽を叱咤し、城方の兵と激戦を繰り広げている。半右衛門には判別できなかったが、この武者のほんの数間先で、三十郎が槍を振るっていた。

小太郎は、半右衛門の指先に従って目を凝らした。

「見える」

そう返事した。

「うむ」

半右衛門はうなずくや、神の腕を発動させる一言を発した。

「じいの腹を刺し、命を奪ったのはあの朱の甲冑の武者じゃ」

途端、小太郎は動いた。

立ち上がって、手に持った左構えの鉄砲の銃口を天に向けるや、瞬く間に強薬と呼ばれる長距離用の火薬と、「大殺し玉」という円筒形の弾とを銃口に詰めた。詰め終えるなり、左の頬に銃床を押し付け、左の人差し指を引き金に掛けて狙いを定めた。

狙いを定めるのと撃つ動作が一挙であった。たちまち銃口から火が吹き、轟音と共に弾が放たれた。反動で小太郎の左脚が僅かに土へとめり込む。それでも弾は猛烈な勢いで、一直線に獲物へと襲い掛かった。

神の腕が人を襲うのを目撃した第一の男は三十郎だ。

「あの朱の甲冑の騎馬武者、あっぱれ剛の者よ。少しも引かぬわ」

三十郎が焦りを交えつつ、敵の騎馬武者を見上げた瞬間である。

空気を切り裂く刹音《さつおん》が聞こえたと思うや、騎馬武者の兜《かぶと》が破裂した。弾は勢い余って城方の兵たちの隙間を掻《か》い潜《くぐ》り、三十郎の足元に突き刺さった。

「何じゃ」

足元の弾に向けた視線を、とっさに朱の甲冑の武者に戻した。武者はぐらりと馬上で揺らめくと、勢いよく地面へと叩き付けられた。

「ついに来た」

三十郎は、弾丸の主が即座に分かった。

敵兵どもに目を移せば、足軽大将の唐突な死に度を失っている。戦場というのに棒のように立《た》ち竦《すく》んでいた。

三十郎が、その妙技に驚く間はない。次なる刹音《さつおん》に目をやれば、数間先の敵武者が兜を割られ地に膝を付き、斃れた。

「おお」

感嘆の声を上げる間にも、新たな刹音が急速に大きさを増して迫ってくる。次の瞬間、十数間ほど先の敵武者が前のめりに素っ飛んだ。

「何と――」

三十郎は二の句が継げない。

敵先鋒の足軽大将は、三十郎の目の前にいる武者だけではない。百人程度を一組としてそれぞれに足軽大将が付く。このため、詰めの城の南門付近に集結して二千に膨れ上がった先鋒だけでも二十人近くの足軽大将がいた。

だが、その足軽大将たちも、敵先鋒の群れのあちこちで、次々に兜を打ち砕かれ、咽喉輪《のどわ》を貫かれ、音を立てて地に崩れ落ちた。

「――」

三十郎は言葉を失うほかなかった。

敵先鋒の足軽大将のすべてが僅かの間に薙ぎ倒された。もはや、先鋒の足軽を指揮する者はどこにもいない。

敵先鋒ばかりか、味方までもが度肝を抜かれ、斃れた足軽大将を見下ろしていた。あれほどの怒号と撃剣の音とが入り混じっていた戦闘の最前線が、しんと静まり返った。

「いまぞ」

三十郎は目を怒らせた。

――小太郎の狙撃が始まれば、全軍を展開させ、一気に敵に襲い掛かれ。さすれば阻む者など皆無である。

半右衛門からは、そう命ぜられている。

だが、三十郎には兵たちに命を下す権限はない。

「図書様」

後方を振り向くなり、叫んだ。

「小太郎にござる」

「承知した」

戦闘中ならば、三十郎の声など通らなかっただろう。だが、この静寂の中では三十郎の声のみが響いた。

図書はうなずくや、

「全軍、鶴翼に陣を敷き、押せ。存分に首を狩り、討ち捨てとせよ」

下知を飛ばした。

わずか五百の城方の兵が横に展開し、寄せ手の先鋒二千に押し寄せた。城方の陣形はほとんど薄膜と言っても良かったが、指揮官である足軽大将を失った敵の先鋒は訳なく崩れた。踵を返すやどっと山を駆け下った。

だが敵は先鋒だけではない。寄せ手の第二陣は無傷でいる。逃げてくる先鋒を押しのけるようにして、城方の兵五百の前に立ちはだかった。

「勢いを緩めるな」

三十郎は怒号を上げつつ、五百の兵ともども敵の第二陣に向かって突進した。

5

半右衛門は、小太郎が見せる鬼神の働きに言葉を失っていた。

これだけの距離にも拘わらず、一発も外すことなく敵を仕留めた。的さえ示せば、次の瞬間にはその者はこの世から消え失せた。

（この小僧さえおれば――）

半右衛門は、山の斜面を凝視する小太郎の横顔を見て、思わず身震いした。

（――如何なる敵も打ち破ることができるのではないか）

だが、そんな着想がいずれ自分だけのものではなくなる、とまでは思い至らない。

いまは目の前の戦のことである。

碧山に目を向ければ、敵の先鋒が崩れ立っている。勢いに乗る味方の軍勢に、敵の第二陣が立ち塞がったところだった。

半右衛門はそれを見るや、「あの銀の兜の武者」と第二陣の足軽大将らしき武者を指し示した。すでに弾込めを終えた小太郎の耳元に顔を寄せた。

「あの者が爺の右腕を押さえつけ」

途端、小太郎の鉄砲は激発した。一拍後には、かなたの碧山で銀の兜の武者が吹っ飛んだ。武者の屍骸は兵を巻き込みながら、山の斜面を転がり落ちていく。

このときにはすでに、小太郎は弾込めを終えている。

半右衛門はそれを見て取るなり、

「あの金の鍬形《くわがた》打った兜の武者。あの者は爺の左腕を押さえつけた」

言葉に従って、小太郎は再び鉄砲を轟音と共に撃ち放つ。刹那の後には的となった武者が、仰《の》け反《ぞ》るようにして地へと斃れるのが小さく見えた。

半右衛門は嘘に嘘を重ねた。

――あの者は爺の左脚。

――あの者は爺の右脚。

――あの者は爺を助けずその場にいた。

――あの者もいた。

――あの者もそうであった。

甲冑の特徴を言葉にしながら、次々に的となる敵の武者を示していった。

その度に、小太郎の鉄砲は火を吹き、次の瞬間には的となった武者の魂は虚空に消えた。

やがて半右衛門は、戦場でかつて感じたことのない気分に覆われていることに気付いた。

(怖《こわ》や)

小太郎が鉄砲を放つ度、自らの心が磨り減っていく。心が磨り減って弱くなれば、軟らかくなった心に恐怖の楔《くさび》が易々と打ち込まれた。

恐怖の楔は小太郎が打ち込んだ。

(この小僧は――)

鉄砲など五発も撃てば、銃身が過熱し持てたものではなくなる。だが、小太郎はそれを物ともせず、銃身を握って弾を込め、撃ち続けた。銃身を握った右の手からは肉を焼く煙さえ上がっている。

(――我をも忘れて、敵を仕留めておる)

半右衛門は、小太郎の急激な変貌《へんぼう》に思わず身震いした。

小太郎は狙撃手としての本性をみるみる膨らませていった。乱髪をざわめかせながら、弾むように身を躍らせ、狙いを定めては瞬く間に敵を仕留める。そのくせ表情だけは氷のようで、狙う武者など塵芥《ちりあくた》とも思っていない。この少年にもはや迷いなどなかった。

(む)

何度目かの轟音が鳴り響き、半右衛門は我に返った。

碧山を観望すれば、敵の第二陣の侍大将と足軽大将のことごとくが、小太郎の餌食《えじき》となっていた。

浮き足立った敵の第二陣に、城方の兵五百がどっと押し寄せる。第二陣の軍勢も算を乱して逃げに転じた。

「何事があったのじゃ」

碧山の麓の城下町の道で喚《わめ》いたのは喜兵衛である。

碧山を見上げれば、山頂付近で戦っていた先鋒が破られ、第二陣の軍勢までもが打ち崩されている。

(いかに死兵とはいえ、こうまで易々と負けてしまうものか)

いまや、城方の軍勢は山の麓近くにまで押し寄せ、第三陣に襲い掛かろうとしていた。麓では、崩れた先鋒と第二陣の兵どもが、城下町に大挙して押し寄せて来ている。その勢いたるや、真っ黒な洪水のごときものであった。

「止まれ、踏み堪えよ」

喜兵衛は自軍の兵どもに大声で叫ぶが、一旦《いったん》敗走にかかった兵どもを容易に押し留められるものではない。どの兵も制止の声を聞かず、次々に喜兵衛とすれ違い、駆け去って行った。

(くそっ)

そこに山中の戦場へ物見にやった平三が、騎馬で戻ってくるのが見えた。

「平三、平三」

自軍の兵どもに揉《も》まれながら、その名を連呼した。

「何があった」

馳せ付けた平三に向かい合うなり、憤激とともに問うた。

「種子島にて仕留められ、先鋒、第二陣とも侍大将、足軽大将のことごとくが討ち取られてござりまする」

「何」

喜兵衛は麓の山中に視線を向けた。麓のことゆえ、その様子はありありと目にすることができた。

「何だあれは――」

第三陣を見れば、華麗に飾った具足の武者が斃れ、斃れたと見るや、また別の武者が撥《は》ね上がり地に叩き付けられた。

(――種子島か)

碧山の山中を見渡したが、狙撃手の姿は見当らない。音を聞こうにも、逃げる兵の喚き声で聞けるものではなかった。

「俺も敵に当る」

喜兵衛は、痛む身体を引き摺って山の麓へと歩を進めた。だが、平三はすれ違い様、馬上から喜兵衛の鎧《よろい》を摑んだ。

「もはや兵をまとめることはできませぬ。ともにお逃げくだされ」

それが、この男の最期の言葉となった。言葉を放ち終えるなり、平三は眉間を撃ち砕かれ、馬上から素っ飛んでいった。

「平三」

地に叩き付けられ、すでに屍骸となった平三を抱えつつ、とっさに考えた。

(平三は、麓の方向へと吹っ飛んで行った)

とすれば、撃った場所は、麓とは逆の方角のはずである。素早く後ろを振り向いた。城下町の家々の屋根ごしに、小山が見えた。確か土地の者は姫山と呼んでいた。屋根が死角となって見えないが、その間には芦野川と呼ばれる天然の堀があるはずである。

喜兵衛は、その姫山の山頂付近で、微かな煙が風に流れて消えたのを目撃した。

(まさか)

山頂に向かって目を凝らした。すると朧《おぼろ》な人影が動いた。

（まさか、あの山から撃ったというのか）

驚愕した時には喜兵衛の命運は尽きていた。姫山を向いた喜兵衛の眉間を、小太郎の銃口がすでに捕らえている。弾は轟音とともに放たれた。

銃声は、即座に喜兵衛の耳に届いた。

（しまった）

とっさに胸に手を当てた。

無傷であった。

喜兵衛に分かるはずもないが、姫山の半右衛門が、鉄砲の銃身を押さえていた。

「何をするのじゃ」

片膝を付いて狙いを定めていた小太郎は、半右衛門をぐいと睨み上げた。

銃身を握った半右衛門の掌から肉を焼く煙が上がっている。

「もう充分だ」

すでに半右衛門は、小太郎の視線に耐えうる気力さえ失っていた。目を伏せながら、そう言うのが精一杯だった。

小太郎の弾丸を逃れた喜兵衛だったが、危機は依然続いていた。

第三陣を破った城方の兵五百が、崩れ立った第三陣ともども城下町へとなだれ込んで来たのだ。

（ちっ）

「これまでか」

喜兵衛は、押し寄せる敵味方入り混じった大軍を目にするや、平三の首級を切り取った。首級を手にしたまま、漸く馬へと這い上がると、敗走する自軍の兵の波に乗って、自らも馬を飛ばした。

　城下町の道を少し行き、街道に突き当ると西に進路を取った。川に架かった橋を渡り、碧山に背を向けたところで馬速を上げた。

　途中で姫山に差し掛かる。

　喜兵衛が、馬上から見上げると、小山のこととて武者の姿が見えた。

（やはり奴か）

　あの巨軀は半右衛門に違いない。傍らに細くはあるが、半右衛門ほどの背丈のある男の姿も見えた。左手に鉄砲を提げている。

（あれか）

　疾走する馬上で、喜兵衛は目を凝らした。

（登ってやるか）

　と、後ろを振り返ったが、城方の軍勢が、味方の敗走兵ともどもしつこく追ってくる。小山に登れば命はない。

「半右衛門、此度は我らが負けじゃ」

　山頂に向かって叫び上げた。

「その者が種子島の腕、絶倫じゃ。大事にするが良いわ」

　武者らしき清々《すがすが》しさで声を放った。

　だが、半右衛門からは何の返事もない。

（妙だな）

とは喜兵衛は思わなかった。何しろ逃げるのに手一杯である。

一刻の後には、城方の兵は追撃を終え、城下町へと帰還しつつあった。

半右衛門は姫山の山頂からそれを目視した後、漸く山から下りた。

城までの五町の間のあちこちに、討ち捨てられた敵の屍骸が転がっている。二人はその中を、城に向かって歩いた。お互い言葉を交わすことはない。

半右衛門は、小太郎の様子に思わず目を背けた。

（小太郎をこんな風にしたのは、俺だ）

以前の小太郎であれば、屍骸のことごとくに取り縋《すが》り、涙さえ見せたことだろう。だが今、半右衛門の横で歩みを進める小太郎は、敵の屍骸になど見向きもしない。時折、それを一瞥したかと思えば、歩くのに邪魔なそぶりを見せるだけであった。

理由は言うまでもない。

（俺の偽りが、小太郎をこうも変えたのだ）

籠城戦が敗北間近だったときには、その危機感が半右衛門の行動を掻き立てていた。だが、敗北の危機が去ったとき、半右衛門に残ったのは、憔悴《しょうすい》しきった心だけであった。

城下町の道は、籠城兵どもでごった返していた。敵が打ち捨てた兵糧を使って道の至るところで粥《かゆ》が炊かれ、兵どもは少量ずつ食えと命ぜられているのか、口に含んだまま幾度も咀嚼《そしゃく》を繰り返していた。

「坊」

半右衛門を見付けた三十郎が、馬を引きながら、兵を掻き分け駆け寄ってきた。

「わずか五百の兵で、七千からの敵を打ち破りましたぞ。空前の戦果じゃ」

口から粥を飛ばしながら叫ぶように言い、

「ほれ、大竜寺めも無事じゃ」

と馬の平首を叩いて見せた。

だが、半右衛門の反応は鈍い。

「ああ」

力なくうなずくと、そのまま城の方へと向かって行った。小太郎を当主、戸沢利高に披露せねばならない。

碧山中腹の館周辺も、兵どもで一杯であった。それでも利高は、半右衛門と小太郎を目ざとく探し当てるや、

「半右衛門」

持った粥の椀を捨て、何度も手招きした。

利高の声に、辺りの兵たちも椀を傍らに置き、一斉に片膝を付いて二人を迎えた。二人に付いて来た三十郎も、兵たちに倣った。

利高は、二人を迎え入れると、兵たちの方に向き直らせた。

「古今無双の勇士の帰還じゃ」

半右衛門を示しながら、兵どもに向かって叫んだ。兵たちは、その声にどっと喚声を上げた。

喚声の中、利高の脇にいた図書が大声で宣言する。

「林半右衛門殿に百石加増、熊井村雑賀小太郎殿には新知五十石を与える。林半右衛門殿には雑賀小太郎の後見を申し付ける」

戸沢家は少年に過ぎぬ小太郎を召抱えた。

(さもあろう)

半右衛門は虚《うつ》ろな心のまま、そう思った。

この小太郎さえ押さえていれば、今後の戦に敗北の二文字はなくなるはずである。

利高は、高々と宣言した。

「この二人をもって第一の功名とする」

しかし、武功を何にも増して欲するはずの半右衛門に笑顔はなかった。

㊅ 決断

1

児玉家の軍勢を撃退した戸沢家は、戦時体制を解いた。当主の利高は、配下の武将たちを懇《ねんご》ろに労《ねぎら》い、各々の所領へと帰るのを許した。

半右衛門もまた、自らの所領に帰った。

その帰途、半右衛門と三十郎は、馬首を並べて馬を打たせていた。後方には、林家の軍勢が列を為《な》して従っている。

(わずか一戦で面変わりされたような)

三十郎は、半右衛門の横顔を見て、その憔悴ぶりに驚かざるを得なかった。だが、

(無理もない)

と、納得もしている。

何しろ、敵の重囲を打ち破り、小太郎を引き連れて舞い戻ったのだ。生きているのが不思議なぐらいであった。

そこに、後方から小太郎の声がした。小太郎は、林家の家臣の馬に相乗りして馬上の人となっている。

「坊殿、なぜ邪魔をした」

怒っている。

三十郎も気付いていたことだが、この小僧は城に帰還したときから怫然《ふつぜん》としていた。当主、利

高から知行を与えられた際にも、その様子は変わらなかった。

「うむ」

半右衛門は後ろを振り向いた。表情が暗い。

「児玉家の奴らは皆、じいの仇じゃ。皆殺しにしてやらねばならんのじゃ」

小太郎はそう喚《わめ》いた。

この少年は、狙撃の初めこそ半右衛門の指示通りに敵を討ち取っていたが、敵先鋒が崩れ立ったころには、指示を待つことはなかった。自らの判断で、目立つ武者には銃口を向け続けたのだ。喜兵衛を狙ったのも、半右衛門の下知ではなかった。

三十郎は小太郎から、児玉家の者によって祖父が殺されたことを、城にいた際にすでに聞いている。

（さもあろう）

小太郎に同情した。子供であればこそ、その憎しみは際限がないに違いない。

一方で、三十郎は、小太郎にそう喚かれた半右衛門の反応に、解せないものを感じた。

半右衛門は、「うむ」と一言発しただけで前方に向き直ってしまった。一言多いこの男が、何も言い返さない。表情を見れば、眉間にきつく皺《しわ》を寄せ、硬く目を瞑《つむ》っていた。

（疲れているのだ）

三十郎が察することができたのはここまでである。

「坊よ、久方ぶりの在所じゃな」

主の気分をほぐすように、陽気に声を放って見せたが、

「ああ」

半右衛門は心ここにあらずであった。

「いい加減、在所の女子に伽《とぎ》を命じたらどうじゃ。在所の百姓どもも喜ぶ。いつまでも女子を抱かぬのは、身体にもようないぞ」

三十郎が見るところ半右衛門は、鈴を失って以来、女を寝所に引き入れたことはない。

半右衛門はそれには答えず、妙なことを言った。

「三十よ、おのれに決め事はあるか」

「決め事」

「生きる上での決め事よ。長く生きれば、その決め事をどんどん破っていく。嘘を吐《つ》くまい。卑《ひ》怯《きよう》な振る舞いはすまい。恐ろしいと思うたことから逃げまい。そうした決め事をどんどんなくしていく」

半右衛門は、三十郎を見ることなく訥々《とつとつ》と言葉を並べていった。

「人はそう綺麗には生きてゆけまい」

齢《よわい》を重ねた三十郎にとっては当然のこととしか聞こえない。

「俺はな、三十」

半右衛門は、三十郎に顔を向けた。

「その全てを破ったんだ」

その顔は、いまにも泣き出しそうであった。

(疲れではない)

三十郎はとっさに理解した。

三十郎がこれまで見たこともないような苦悶《くもん》の表情を浮かべている。

――何事があったのだ。

大いに心悩ませたが、事情はほどなく知れた。

在所に戻ると、半右衛門の慰めにと近郷の百姓たちが、田楽踊りの披露にやってきた。

その席でのことである。

半右衛門は三十郎を脇に従え、屋敷の縁で田楽を見物したが、大杯に酒を注ぎ、飽くことなくそれを干し続けた。

「坊、少し控えられよ」

三十郎はそう諫《いさ》めるが、

「うるさい」

と酔眼を向けて怒鳴り散らした。

以前の半右衛門ならば考えられないことである。気さくに声を掛け、やあやあと大声で囃《はや》し立てたものだが、大杯を傾ける半右衛門は、百姓など目にも入らないかのようであった。

半右衛門は忽ち大酔を発して仰向けに倒れた。

「坊」

慌てて三十郎が顔を近付けると、半右衛門は小さく口を動かしている。

「何じゃ」

さらに顔を寄せると漸く聞こえた。

「小太郎の爺様はな」

半右衛門はそう言っている。

「小太郎に何度も聞いた。児玉家の者どもが亡き者にしたのであろう」

小太郎は、あれからしつこいほどに児玉家への憎しみを三十郎に語っている。それを言った。

「あれをやったのはな」

半右衛門は力のない目で三十郎を見上げた。

「――俺だ」

三十郎は言葉を失ったまま、改めて半右衛門の顔を凝視した。

「俺なんだ」

そう明かすと、半右衛門はきつく瞼《まぶた》を閉じた。

三十郎は、素早く辺りを窺い、小太郎を探した。少年は、見物する家臣たちの後方にいた。

「坊、立たれよ」

三十郎は、半右衛門に肩を貸すと無理やり立たせた。どこか邪魔の入らぬところにこの主を連れ出さねばならない。家臣たちも酔った巨漢を運ぶと申し出たが、三十郎はこれを許さなかった。

「最前申されたは、まことにござるか」

寝間に入った三十郎は、半右衛門を夜具の上に降ろすと早速問うた。

半右衛門は、目を開けた。虚空を睨むように見上げるその眼差しは、酒の酔いなどないかのようであった。

「まことじゃ」

半右衛門はそう呟くと、すべてを明かした。

(坊よ)

三十郎は、戦が終わって以来の半右衛門の憔悴ぶりに漸く合点がいった。

(ならば)

——武者としての坊はすでに死んでいる。

そう肩を落とした。

半右衛門の脆《もろ》さであった。

敵に対しては、無類の勇敢さでこれに打ち勝つ半右衛門が、いかにしても勝てないものがある。

それが、自らの心の内に潜む自責の念であった。

この時代の男たちの中には、程度の差はあれ、こういった者たちが散見できる。即《すなわ》ち、卑怯な振る舞いや、見苦しい行い、そして偽りを述べることを自らに固く禁じ、自らの心に一片の曇りもないことを自覚することによって、輝きを放つ男たちである。

三十郎の見るところ、半右衛門もまたこの種の男であった。子供じみた戒めを今になっても大真面目に堅持し続けている。そしてそのことが、この男に武者らしく水際立った振る舞いをさせ、兵どもをして死地へと赴かせた。

だが、半右衛門は小太郎の祖父、要蔵を殺し、小太郎に偽りを述べることで、戦場へと連れ出したという。こういうことに半右衛門は、本来、耐えられる男ではなかった。小太郎を騙《だま》した刹《せつ》那《な》、この男の心は粉々に砕け散ったに違いない。半右衛門に輝きを放たせていた心が死んだのだ。武者としての半右衛門は死んだも同然である。

（哀れな）

三十郎ならば、「勝つための武略である」と割り切れたかも知れない。だが、半右衛門はそういう部類の男ではなかったし、だからこそ、この男は絶えず涼やかであり続けたのだ。

（当分の間は、こうして見守るほかない）

三十郎は、苦しげな顔で寝息を立て始めた半右衛門を見つめた。だが、時間が解決の良策になるとも思えなかった。

半右衛門に異変が生じたのと同じく、戸沢家の家臣となった小太郎の身の上にも変化が起きていた。

半右衛門の在所に戻って数日が経ったころである。

小太郎は、三十郎に呼ばれ、白洲に面した縁へと連れて来られた。その途中の廊下で三十郎は言った。

「おのれは石取りの身分じゃ。戦場に出ればおのれを助ける家臣が必要となる」

「家臣」

小太郎には、それが何か分からぬ様子である。

僅か五十石と言えども石取りの身分の小太郎は、戦時においては小太郎を含め三人の「部隊」を率いて馳《は》せ参じなければならない。

「おのれが村から家臣となるべき者を連れて来てやった」

三十郎が言ったところで白洲に着いた。

小太郎が縁に立って白洲を見下ろすと、大人ひとりと二人の子供が平伏していた。

「面《おもて》を上げよ」

三十郎が声を掛けると、白洲の三人が顔を上げた。

「あ、玄太」

小太郎は声を上げた。

子供のうちの一人は、鉄砲試合で争った熊井村の餓鬼大将であった。他の一人も玄太の子分の兼吉という者で、二人を引き連れてきたのは、玄太の父、与作である。

当主の戸沢利高の命であった。将来的に、小太郎を筆頭とする鉄砲集団を作り上げようとしていたのだ。そこで、熊井村から鉄砲上手の者を選抜したところ、子供二人が残ってしまった。

「玄太じゃないか」

仇討ちを旨とした戦場では魔物の働きを見せた小太郎も、玄太に対しては以前と変わりなかった。喜びに満ちた声を放つや、白洲に飛び降りようとした。

「白洲に降りるな」

一喝したのは、三十郎である。

小太郎は、弾かれたように動きを止めた。

憮然《ぶぜん》とした顔で三十郎を横目で見ながら、その傍らへと戻った。すると、玄太の父が御礼を言上した。そしてこの御礼こそが、小太郎の身の上に起こった変化をそのまま表していた。

「此度《こたび》はこの者どもを雑賀小太郎様の家臣の列にお加えいただき、恐悦至極に存じまする。これなるは熊井村玄太、同じく兼吉にござりまする。以後、よろしく御目掛けくださりますようお願い申し上げます」

事前に三十郎から口上を教わったものか、玄太の父は、言葉を思い出し思い出し御礼を言上すると、再び平伏した。

玄太もまた平伏した。だが、地に伏せたその顔は、屈辱の表情そのものであった。

小太郎に、玄太の父が述べた御礼の意味が通じるはずがない。ようやく玄太が支配する遊び仲間にでも入れてもらったかのように、

「玄太」

と、うれしげな声を再び放った。

「小太郎」

三十郎は首を横にねじ向け、怖い顔で小太郎を睨んだ。

「この者どもは遊び仲間ではない。おのれが命じさえすれば、必ず従う家臣じゃということをしかと心得よ」

小太郎は、口をつぐんだが、戦国期における主従関係を理解していたわけではない。水を注《さ》されたような顔で、三十郎を一瞥《いちべつ》した。

それからの小太郎は、連日のように山中に分け入り、左構えの鉄砲で鳥獣を狩った。狩りには必ず玄太と兼吉を従えていく。山中に入れば、三十郎のように咎《とが》める者はいない。小太郎は、念願の遊び仲間ができたかのように振る舞った。

だが、越えてはならない主従の一線を、玄太は頑なに守った。

戸沢家から許しをもらい、鷹場の高台に来たときもそうだった。

小太郎は、このときも鳶《とび》を一発で仕留めた。小太郎の背後で片膝を付いていた玄太が、すかさず鳶を拾いに駆け出す。だが、鳶を拾って戻ると目を剝《む》いて怒り出した。

「兼吉、何で弾を込めぬ」

小太郎の鉄砲に弾を込めようともせず、安穏としている「家臣」を咎めた。

兼吉は、それには答えず怫然とした顔でそっぽを向いている。

当然であろう。子供には子供の序列がある。突如降って湧いた主従関係を、容易に受け入れられるものではない。これまでも兼吉は、三十郎たち大人の見ていないところでは、露骨に態度を変えて見せた。

「種子島をお貸しくだされ」

玄太は、小太郎に頼んでそれを受け取ると、兼吉に突き付けた。

「弾を込めろ」

兼吉はそれでも態度を改めようとはしない。

「込めろ」

叫ぶや、玄太は兼吉を殴り付けた。驚く小太郎をよそに、吹っ飛ぶ兼吉に馬乗りになると、拳を固めた。

「これでもやらんか」

兼吉は不承不承うなずいた。玄太が立ち上がると、しぶしぶ弾込めを始めた。その間、玄太は小太郎に背を向けたままでいた。

唐突に振り返って叫んだ。

「小太郎、わしはな。お父《とう》の望みを叶《かな》えてやるんじゃ。手柄を立てて必ず騎乗の士になってみせる。そのためにおのれに仕えておるのだということを忘れるな」

玄太とて、好んで小太郎の家来になったわけではない。だが、武家奉公の叶わぬ玄太の父が、息子に望みを託した。玄太は父が好きであった。その望みを玄太が拒むはずがない。

「おのれとわしとは、決して友などではない」

玄太はそう言葉を締めくくった。

小太郎は、胸を突かれたような顔をした。次いで目を伏せると、しょんぼりとうなだれた。兼吉から弾込めを終えた鉄砲を渡されても、しばらくの間、そのままでいた。

「玄太もやれよ」

小太郎が漸く言ったのはそんな一言である。玄太に歩み寄り、左構えの鉄砲を差し出した。一緒に鉄砲を撃とうと言うのだ。

「家来はそんなことはやらん」

玄太は、小太郎と目を合わせようとはしなかった。

「やってくれよ」

小太郎は鉄砲を押し付けて懇願するように言った。

「やらん」

「頼むよ、頼むからやってくれよ」

小太郎の目からは涙さえ噴き出している。到底、主の家臣に対する態度ではなかった。

「やらんと言っておる」

玄太は怒鳴った途端、鉄砲を小太郎から奪い上げた。空を仰ぐや、鳶に向かって弾を放った。

だが、初めて撃つ左構えの鉄砲のせいか、鳶は何事もなく飛び去っていった。

「外れたわ」

玄太は、小太郎に向き直ると、目に涙を湛《たた》えながら笑みを浮かべた。

そしてこの時、小太郎はこの世でもっとも欲しかったものを手に入れた。

2

小太郎は、日に日に活力を増していった。

一方、半右衛門は日を追うごとに気力を失い、身体も一廻り小さくなった。まるで半右衛門の生気を小太郎が吸い上げているかのようであった。

半右衛門の懊悩《おうのう》は続いていた。

昼夜を問わず、寝所で呑み続けた。

この夜もそうであった。固い岩でも呑み込むかのように、酒を胃の腑《ふ》に叩き込んでいた。

(これほど心病むならば、小太郎にすべてを明かすか)

などとは思わない。そういった壁を乗り越える気力すらない。むしろ、

(良かったじゃないか、これで)

とまで思い始めている。

小太郎は家臣二人を連れて鳥獣狩りに出かけては、獲物を山のように抱えて嬉々《きき》として帰って

くる。

(俺は小太郎の人並みになりたいという望みを叶えてやったのさ)

そう自棄のように思っている。心弱った者が陥る、辛《つら》い現状を肯定するためだけの理屈の積み上げを、この男は仕上げつつあった。

(このままでいいのさ)

苦痛に歪《ゆが》んだ顔のまま、ごろりと横になった。

微《かす》かな音を立てて襖《ふすま》が開いたのは、そんなときである。

(なんだ)

酔眼を向けると、襖から少し離れた隣室の暗がりに、女が跪《ひざまず》いていた。

「半右衛門様」

女はそう微かな声で言った。

とうに死んだはずの鈴であった。それが、半右衛門を罵倒した時と同じ、白の小袖姿でいた。

だが、半右衛門は不思議には思わなかった。半身を起こすと、今にも泣き出しそうな顔になった。

「鈴よ」

そう呼んだ途端、弱く、薄くなった心の膜を破って露《あら》わになったのは、この男の偽らざる本心であった。

「憶《おぼ》えておるか。図書を凌駕《りょうが》する武功を立てよとお前は申した。俺はつまらぬ男だ。それだけのことで生涯を武功に懸けると決めたのだ」

半右衛門は鈴を忘れてなどいなかった。それどころか、心の奥底で鈴を愛し続けていた。だからこそ、鈴の言葉に囚《とら》われ続け、「功名漁り」と呼ばれるほどの男になったのである。

半右衛門の目の前にいる鈴の優しさには際限がなかった。まるで半右衛門の全てを理解しているかのごとく、望む通りのことを言葉にしてみせた。

「もう良いのです。半右衛門様はもう充分に武功をお立てになりました。これからは鈴がずっとお傍でお仕えいたします」

柔らかに微笑むと、半右衛門をその膝に招き寄せた。

「鈴よ、俺はもう疲れた」

半右衛門は鈴の膝に顔をうずめた。

無論、鈴などではない。

児玉家の反撃が、この時すでに始まっていた。

無痛の萬翠が、半右衛門の屋敷に潜入している。

伊賀国の下人どもは、その鍛錬の過程で体術以外に幻術を学ばされる。人の心を操る術のことである。一種の催眠術とも言われるが、よく分からない。だが、これによって敵を幻惑させ、あり得ぬ者を出現させて見せ、その心を自在に操ったというのは忍術秘伝書に頻出《ひんしゅつ》する事柄である。

半右衛門が見た鈴は、萬翠が出現させた幻であった。

萬翠は、鈴のことなど知らない。だが見るべきものは幻術に掛けられる当人が勝手に見た。半右衛門にとってのそれは、鈴だったのだ。萬翠は術の初めだけ、その者に成り変わって演じてやればよい。一度幻術に掛けさえすれば、あとは掛けられた当人が独りで幻と戯れてくれる。

――他愛もない。

萬翠は、子供のように丸まった半右衛門を天井から見下ろしつつ、にんまりと笑った。弱り切った半右衛門の心など、子供のそれを操るより易しい。

――次はあの爺じゃな。

萬翠は三十郎の居室へ向かい天井を這い進んだ。この屋敷全部の者どもを幻術に掛けるつもりである。

そのとき三十郎は、夜具の上で飛び起きた。

勢いよく襖を開けて、半右衛門が入ってきたのである。

「もう案ずることはない。良うなった」

半右衛門はどかりと夜具の脇に胡坐をかくと、酒を満たした盃を突き出した。

「飲め」

陽気に言う。

「坊は」

「俺はいらん。もう一生分飲んだわ」

半右衛門は大口を開けて快活に笑う。三十郎にとっては疑いない。以前の半右衛門が戻ってきたのだ。

「心配かけたな」

半右衛門は目を細めて笑った。

「坊」

三十郎は顔をくしゃくしゃにして泣いた。

玄太の寝所に現れたのは父の与作であった。

「もう侍になどならんでいい」

与作は玄太の頭を撫《な》でて笑った。

「ほんとか」

玄太は夜具の上に座しながら目を輝かせた。

「わしに付いて猟を学べ。猪、鹿、兎、獣の狩り方を仕込んでやるぞ」

玄太が最も望んだことである。武家奉公などをするために鉄砲の腕を磨いたのではない。猟師の腕を磨き、父に褒めてもらうためだ。

「ほんとだな」

「明日から一緒に山に出るぞ」

そう与作の幻が言ったときには萬翠はいない。小太郎が眠る隣室へと身を移していた。

——その鬼神のごとき鉄砲上手を児玉家へと攫《さら》ってこい。

喜兵衛の話を聞いた児玉家の当主、児玉大蔵が、萬翠に下した命はこれであった。このため萬翠は、もう三日前から半右衛門の屋敷に忍び込んでいる。すでに先の戦の狙撃手が小太郎だと目星を付けていた。

——この小僧か。

萬翠が襖を閉じると室内は暗闇となった。足元に這い進み、手元で紙燭《しそく》に火を点《とも》した。紙燭には、馬酔木《あせび》と馬銭《まちん》の樹液を口伝の方法で混合させた液体が沁《し》みこませてある。その煙によって幻覚が誘引される。

「小太郎よ」

呼び掛けた。

後は、紙燭の火で朧《おぼろ》に浮かび上がった萬翠の姿を、相手が勝手に好みの者の像へと結び直してくれる。

「じい」

夜具から半身を起こした小太郎は、足元に座した幻覚を目にするなり喜びの声を上げた。

「小太郎よ、よう一人前になった」

「うん」

「じいが良き所に連れて行ってやる」

萬翠は、立ち上がると小太郎の手を取った。

「玄太たちは」

と訊く小太郎に、

「一緒だ」

萬翠が答えたときである。

屋敷の中の一人が正気に返りつつあった。

半右衛門でもなければ、三十郎でもない。屋敷中のどの大人も夢寐《むび》の中にいるとき、この少年だけが目覚めた。

玄太である。

「わしはお父にそう言ってほしかった。一緒に猟に出ようと言ってほしかった」

玄太は未だ消えぬ幻覚に向かって呟いた。

「お前は誰じゃ。お前はわしが望んだお父を見せておるだけじゃ。お父がそんなこと言うはずがないじゃないか」

終《しま》いには怒号を上げつつ、父の幻覚へと摑みかかった。

幻覚は霧散した。幻覚が消えるなり、

（小太郎は）

とっさに案じた。宿直《とのい》として隣室で寝ている。夜具の脇に転がした短刀を拾い上げるや、隣室とを隔てる襖を蹴破った。

見れば、忍び装束の男が小太郎の手を引いて庭に面した縁へと出ようとしている。

「この野郎」

玄太は飛び込んだ勢いのまま、忍び装束の男に突進した。

「餓鬼か」

萬翠はにやりと笑うと、残った右手で抜刀した。が、その途端、がくりと右膝が崩れた。先の戦で折った脚の骨が再び折れ、晒《さら》しを突き破っていた。

「おいおい、そりゃねえだろ」

そう眉を顰《ひそ》める萬翠に抱き付き様、玄太は、その背中を深々と刺し通した。

「ちっ」

萬翠は舌を打った。無論、その異名通り痛みはない。だが、

「死んでしまうではないか」

人ごとのように言うと、迷惑そうな顔で刀を捨て、腰の辺りをまさぐった。

（あっ）

玄太の鼻を突いたのは火縄の燃える臭《にお》いである。忍びの者の腰の辺りを見れば、皮袋がぶら下がっていた。

（火薬か）

この伊賀者に死への恐怖はない。痛みを感じぬ身体と忍術の修練とがそれを消し去った。それゆえ、致命傷を負ったと感じれば、あっさりと自死を選んだ。無論、小太郎を道連れにしてである。

（こいつ）

玄太は目を剝くなり、ようやく目覚めた小太郎を蹴上げた。小太郎が萬翠の手から離れて夜具の上に転がるのを見届けると、萬翠の身体を抱える両の腕に力を込めた。

（小太郎から離れねば）

意を決するや、渾身《こんしん》の力を込めて萬翠を抱え上げた。そのまま障子を蹴破り、縁から庭に下りて更に走り、縁から三間程度離れたところで力尽きた。だが萬翠は離さない。

「玄太」

目覚めた小太郎が、夜具の上で跳ね起き、縁の所まで駆け出てくる。

「来るな」

玄太は物凄い形相で、縁の上の小太郎を見上げた。

それでも小太郎は縁から飛び降りようとする。

「来やがったら、もう友とは言わせねえぞ」

玄太の厳しい声音に、小太郎の動きが止まった。その声は以前の餓鬼大将のときに発していたのと同じものだった。

「小太郎よ」

餓鬼大将は一転して優しげに言った。

「お父にな、立派な侍になったと伝えてくれ」

「玄太」

再び縁から降りようとする小太郎に、

「分かったな」

玄太は大喝した。小太郎は硬直したように再び動きを止めた。

「小僧」

小太郎に向かって呼び掛けたのは萬翠である。

「良き友を持ったな」

不敵に笑ったとき、腰の火薬が炸裂《さくれつ》した。

「玄太っ」

小太郎は絶叫した。爆裂の煙の中に飛び込んだ。だが、やがて煙が晴れたときには、その姿は跡形もなく消え去っていた。

3

無痛の萬翠が、半右衛門の屋敷に忍び込んだという注進は、翌日の昼には碧山城に達した。当主の利高の対応は迅速であった。すぐさま半右衛門の在所へと使者を発した。

使者は、まだ日のあるうちに半右衛門の屋敷へと到着した。

「今後、雑賀小太郎は戸沢家にて後見するゆえ、ただちにその身柄を碧山城へと移送すべし」

使者は上段の間に座すと、広間で平伏する半右衛門と三十郎に向かって利高の命を伝えた。

敵の児玉家は、小太郎の奪取を企てた。警護の厳重な碧山城で小太郎を預かるのは当然の処置と言えた。

加えて使者が言うには、今回の事件の報復のため、軍勢を発する計画だという。

「近々に陣触れを発するにつき、立て続けの合戦ゆえ気の毒には思うが、戦の用意を怠らぬようにとの仰せにござる」

使者は、利高の行き届いた言葉を披露した。

「御意」

半右衛門と三十郎は平伏した。

使者はこのまま小太郎を連れ、碧山城に帰るという。

「暫《しば》しの間、お待ちくだされ」

半右衛門は使者を別室で饗応《きようおう》するよう家臣に命じ、三十郎を連れて小太郎の居室へと向かった。

三十郎が言うには、小太郎は部屋に引き籠ったままだという。

庭に面した縁を行き、小太郎の居室の前に着いた。

そこから見える庭は、その一部が真っ黒に焼け焦げていた。言うまでもなく、玄太と萬翠が爆死した場所である。

三十郎は、その庭に臨んだ半右衛門を目撃して悄然《しょうぜん》とならざるを得なかった。

(やはり坊は、もう元の坊へと戻れぬのか)

半右衛門が庭に向ける眼差しからは、もはやいかなる感情も読み取ることはできなかった。

(坊は、もはや武者の心をなくしてしまわれたのじゃ)

「小太郎を呼びましょうぞ。御使者がお待ちにござれば」

三十郎はいたたまれなくなって、半右衛門を促した。


「小太郎」

呼びかけて、居室へと入った半右衛門は、小太郎の様子を見て僅かだが表情を変えた。

小太郎は、左構えの鉄砲を膝に横たえ、黙然と座していた。

「いつじゃ」

小太郎は、半右衛門と三十郎をぐいと睨み上げるといきなり怒声を発した。

「いつ、じいと玄太の仇どもを皆殺しにできるのじゃ」

心の底では、絶えず仇討ちへの熱望が滾《たぎ》っていたのだろう。それが一気に噴出したかのような剣幕であった。

だが半右衛門は、そんな小太郎の剣幕にも動ずる様子を見せなかった。

「うむ」

とうなずくと先の使者の口上を伝えた。即ち、日を置かず児玉家と再び合戦におよび、小太郎は戦まで碧山城で待機することである。

「本当か」

聞くなり、小太郎は目を輝かせた。

「ああ」

半右衛門は悪びれもせずに答えた。心はそこにはなかった。

日没後、小太郎は使者に連れられ、碧山城へと発した。付き添いは三十郎だった。半右衛門は、在所で戦の用意を進めよという命である。


小太郎と三十郎の一行が、碧山の城下町に到着したのは夜も更けたころである。二人は休む間もなく山の中腹の館へと入り、一室を借りて装束を改めた。

使者に案内されて広間に入ると、すでに当主の利高を筆頭に、図書ら重臣たちが酒宴を開いて待っていた。

三十郎は、左右に重臣たちが居並ぶ中、下座の中央で平伏した。小太郎も道中、広間での振る舞いについてはざっと教えられている。三十郎に合わせて平伏した。

「雑賀小太郎、並びに林家家中藤田三十郎、命により只今まかり越してござりまする」

使者が発し終えるや、声を掛けたのは図書である。

「小太郎よ、御前に進め」

微笑を湛えながら、そう命じた。

小太郎は、躊躇《ためら》いもなく立ち上がると、大股《おおまた》で座の中央辺りまで進み、再び腰を据えた。次いで平伏しようとした途端、図書の怒号が広間に響いた。

「雑賀小太郎、おのれは敵方と相通じ、御屋形様を葬り去らんとしたこと明白である。者どもひっ捕らえよ」

下知が飛ぶや、待っていたかのごとく重臣どもは一斉に盃を捨てた。猟犬のごとく小太郎へと殺到した。

「何じゃと」

驚いたのは三十郎である。が、片膝を立てた次の瞬間には片腕をねじ上げられ、顔を板敷きに叩き付けられた。やっとのことで小太郎の方に目だけを向ければ、次々に折り重なる重臣たちで、その姿は忽ち見えなくなった。

「御屋形様、これは如何なることにござるか」

三十郎は、上段を睨み上げたが、利高は何の言葉も発しようとはしない。そのまま上段の間を去った。

「なぜじゃ」

吠える三十郎に、図書がぐいと首をねじ向ける。

「控えろ三十郎。小太郎めの謀反は重臣一同が認めておる。半右衛門にも追って沙汰《さた》あるゆえ、その旨伝えよ」

「なんと」

図書の顔には嘲《あざけ》るような色は見えない。どこか非情な決意が漲《みなぎ》っていた。

「くっ」

三十郎は身体の力を抜いた。この場は従わざるを得ない。

図書によれば、小太郎はすでに切腹と決められているという。半右衛門については、この仕置きを承知するならば、明日の夕刻には登城せよとの命であった。

(坊を城へと来させなんだ理由はこれか)

三十郎は身を起こしながら歯嚙みした。

半右衛門がこの場におれば、奮迅の働きを見せて抵抗するとでも見たのであろう。

(だがな)

三十郎が案じるのは、今の半右衛門ならば、この仕置きを承知して、のこのこ登城せぬかということである。

(心弱った坊ならば、この理不尽を易々と受け入れるかも知れぬ)

三十郎は不安を拭い去ることができなかった。


半右衛門が寝間で朝から酒盃を傾けていると、三十郎が碧山城から帰ったとの報《しら》せが入った。報せとほとんど同時に、血相を変えた三十郎が部屋へと飛び込んで来た。

「小太郎が」

半右衛門の前で立ったまま、少しの間、喘《あえ》いでいたが一気にまくし立てた。

「小太郎が腹を切ることに決まりましたぞ。謀反の疑いありとのことじゃ。重臣一同それを認めておりまする」

「ん」

半右衛門は盃から口を離し、三十郎を見上げた。この男の心には、もはやいかなる動揺も起こらなかった。三十郎が言うことも、何やら別世界の出来事のように聞こえているようだ。今やこの男は、まったく心を閉ざしてしまっていた。

「おのれはよう城から出て来られたな」

漸く出た一言がこれだった。真っ先に尋ねるべき小太郎の様子を、訊くことはなかった。

三十郎は怫然《ふつぜん》としながらも続けた。

「夕刻にも切腹は執り行われる。坊はそれを承知するなら登城せよと図書殿は申された。わしはそれを伝えるよう城を出されたのじゃ」

「図書の仕業か」

半右衛門の声音は、どこか遠いところから聞こえてくるようだった。

「坊、いかがする気じゃ」

三十郎は詰め寄った。すると半右衛門は、

「行くさ」

軽々とした調子で答えた。顔には僅かな笑みさえ浮かんでいる。

「坊は、小太郎を見殺しにする気か」

三十郎が、怒声を放っても半右衛門は表情も変えない。

ただ、

「御屋形様は」

とだけ尋ねた。小太郎が捕らえられた際、当主の利高は何をしていたのかというのだ。もっとも答えを聞いてどうするという考えはない。ただの疑問である。

「何も仰《おお》せにはならなんだ。すぐに広間を出てござったわ」

三十郎がそう伝えても、半右衛門の反応は鈍い。

「図書に何ぞ含まれておるというわけだな」

「坊、この仕置き、御屋形様も承知のことにござるぞ」

聞くと、半右衛門は鼻で笑った。

「節穴なのさ、おのれの目は。図書に言いくるめられておるだけじゃ。そうでなくて何の咎《とが》もねえ小太郎を殺すものか」

もはや、半右衛門にはこれまでの考えを改めるほどの気力は残っていなかった。利高は半右衛門にとって良き理解者であり、図書は気に入らぬ者であり続けた。気力がなければ何事も言われるがままに従わざるを得ない。「城に来い」と命ぜられれば、首肯するのが今の半右衛門であった。

三十郎の予感は的中した。

「城に行くぞ」

やがて半右衛門はゆらりと立ち上がった。

「坊、城に行けば小太郎は死ぬぞ」

三十郎は食い下がった。半右衛門はさっさと廊下に出ながら、

「平気だろ」

とは言うものの、心の内では平気だともそうでないとも思っていない。ただひたすらに関心が持てなかった。

玄関に向かった半右衛門は、縁に出たところで足を止めた。付き従った三十郎も歩みを止めた。半右衛門の視線の先には庭がある。その一部が焼け焦げていた。最前見た爆死の現場である。

半右衛門は長い間、その場に立ち尽くしていた。それから、ふと口をついて言葉が発せられた。

「あの玄太とか申す小僧、見事な男だったな」

「うむ」

子供の犠牲という凄惨に過ぎる事柄も、血の滾《たぎ》ったこの時代では、見事な振る舞いという観点で捉えられた。

三十郎もまたそう見た。うなずくと、主を仰ぎ見た。見るや眸《ひとみ》から涙をどっとあふれさせた。

「だが坊もなれる。この三十郎めは、坊が見事な武者に必ずなれると信じておりますぞ」

吠《ほ》えるように言った。

半右衛門の魂は生き続けている。

――見事な男、
と半右衛門は言った。

いかに心を閉ざそうとも、その者の持つ魂だけは決して死なない。玄太の所業を見事と感じる魂だけは、この男の胸の奥底で熱く脈打ち続けている。

だが、閉ざした心は、自らの内なる魂の脈動を聞き取ることはできなかった。それ故、三十郎はおろか言葉を発した当人さえも、その息吹に気付くことはなかった。

3

碧山城では、三十郎が城を出た翌早朝から、小太郎の切腹のための用意が始まっていた。館の庭の一角に砂を撒《ま》き、莚《むしろ》を敷いて処刑の場とした。斬首であれば城外の刑場で行うところだが、小太郎は曲がりなりにも戸沢家の家臣である。切腹の名誉が与えられた。とはいえ、小太郎が切腹の作法など知るはずがない。となれば、三方《さんぼう》に載せた刀を手に取った途端に首を刎《は》ねられるという、まったくの斬首となるはずである。

指定された夕刻には、家臣どもを引き連れた重臣たちが続々と登城してきた。

半右衛門も三十郎以下、十人程度の家臣を連れ、碧山城に入った。

「林様は御庭の方へお越しくださりますよう。御家中の皆々様は、御館の広間にてお待ちくださされ」

玄関先で、戸沢家の家臣がそう案内した。

「行ってくる」

庭の方へ向かう半右衛門の後ろ姿を、三十郎は見送るしかなかった。

(もはや、これまでか)

図書の言に従うならば、半右衛門は登城した以上、小太郎の切腹に対して反対するものではないと意思表示したことになる。無論、三十郎としては、半右衛門の登城を是が非でも押し留めたかった。しかし、半右衛門に登城を止めさせたならば、戸沢家は軍勢を催して半右衛門の在所へと押し寄せかねない。三十郎の身として、半右衛門を危地に追い込むなど、できるものではなかった。

（小太郎よ、許せ）

三十郎は、半右衛門が建物の角を曲がって姿を消すと、逃げ込むように玄関へと入った。

広間は、重臣たちの家臣でごった返していた。三十郎は、十人の家臣ともども広間に入り、一角に陣取った。

表情は暗い。

半右衛門は砂を撒かれた庭の一角、小太郎の切腹の場へと足を踏み入れた。

切腹の場を十数人の警備兵が囲み、小太郎が座る筵を挟んで四つずつ床几が据えてある。半右衛門が床几に着くことで八人の重臣が揃った。反対側の床几にいた図書は、半右衛門に目を向けると言葉を投げ掛けた。

「小太郎の切腹には同意なのだな」

いつもの薄笑いを伴う小馬鹿にしたような調子ではない。挑むような目を半右衛門に向けた。

半右衛門はただうなだれていた。

図書はしばらくの間、半右衛門を見つめていたが、

「小太郎をこれへ」

と命じた。

戸沢家の家臣に引っ立てられて小太郎が館の角を曲がって姿を現した。途中、半右衛門が座しているのを認めると、足を止めた。止まった影に半右衛門は顔を上げた。

小太郎は、半右衛門に向かって鋭く、訴えるような眼差しを向けた。

だが半右衛門は、すでに半右衛門の形をした泥人形に過ぎない。小太郎が眼差しを向けたのは、節穴の空洞たる眸《ひとみ》であった。

小太郎は、僅かの間、半右衛門を見つめただけで、すぐに諦《あきら》めたように目を逸《そ》らした。それに応じて、戸沢家の家臣がその背を押しやり、小太郎を莚の上に座らせた。

「御屋形様の御成りにござりまする」

家臣が警蹕《けいひつ》の声を上げ、利高が館の縁に姿を現した。用意された床几に座ると、図書に向かってうなずいた。応じて、図書が宣言する。

「戸沢家当主を弑《しい》し奉《たてまつ》らんとした咎により、雑賀小太郎に切腹申し付ける。雑賀小太郎、見事、腹切って果てて見せよ」

半右衛門は、図書の大声が庭に響き渡っても、異議を申し立てようとはしなかった。

すでに利高が刑場に姿を見せた以上、この当主もまた、小太郎の斬首に承知なのだろうと虚ろな心で察しただけだった。

図書の声に合わせて、小太郎の三尺前に短刀を載せた三方が置かれ、介錯人《かいしやくにん》が姓名を名乗って刀を八双《はつそう》に構えた。

介錯人は、小太郎が短刀を手に取った刹那《せつな》に首を落せと命じられている。

だが、介錯人がその刹那を見届けられる間などなかった。小太郎は長い手を素早く延ばすと、短刀を三方ごと叩き飛ばしたのだ。次いで半右衛門に向き直るや、猛然と叫んだ。

「坊殿」

半右衛門は、とっさに小太郎の眸を睨むように見つめた。小さく眉を動かした。が、言葉は発しない。小太郎もまた、半右衛門を凝視したまま言葉に詰まっていたが、

「わしは死なんぞ。じいと玄太の仇を討つまでは、絶対に腹など切らんぞ」

大音声で吠えた。

紀州の猛勢《もうせい》の咆哮である。

だが、左構えの鉄砲も持たなければただの子供の叫びに過ぎない。重臣たちは、一様に冷めた目で小太郎の足掻《あが》きを眺めた。利高もまた、表情も変えずに眠ったような顔でいた。

「斬り捨てよ」

図書が叫んだ。この男だけはどういうわけか、深刻な表情を顔に浮かべていた。

介錯人は位置を変え、再び刀を振り被《かぶ》った。

それでもなお、小太郎は半右衛門の眸を凝視し続けていた。やがて口を小さく開けると、呟くように最後の言葉を発した。

「坊殿、わしにじいと玄太の仇を討たせて」

人の心が目覚めるのは、いつも唐突である。

その瞬間は突然、訪れる。

半右衛門は、全身を真っ二つに斬り割られたかのような錯覚に襲われた。思わず我が身を顧みれば、身体は元のままである。

小太郎の声が斬り割ったのは、固く閉ざれた半右衛門の心の殻であった。そしてこの瞬間、戦国の男の魂が躍動した。

自らの魂の価値を信じるならば、その者はただ待てばいい。その者に魂があるならば、その瞬間は必ず訪れる。

半右衛門とって、今がまさにその瞬間であった。

魂が躍動し、その魂が剝《む》き出しになった心を蘇生《そせい》させた。そして蘇《よみがえ》った心は、半右衛門の頭脳と身体の隅々に、血潮となって駆け巡った。

（俺は小太郎に救いを求められるような男ではない）

半右衛門は嚇《か》っと目を見開いた。

（このまま小太郎を――）

両の拳を固め、膝に叩き付けた。

（――死なせるものか）

大地を踏み締め、轟然《ごうぜん》と立ち上がった。

（俺は、俺自身を取り戻すのだ）

利高にぎらりと目を向けるや、

「御屋形様」

叫び上げた。

「御屋形様は、これなる雑賀小太郎の切腹を是となさるのか」

すでにして、半右衛門の勢いは苛烈であった。その半右衛門の姿に、介錯人も刀を振り上げたまま身体を硬直させている。

利高も同然である。正面切っての問い掛けに、返答に詰まった。

代わって怒声を放ったのは図書である。

「控えろ半右衛門、この者は児玉家と手を結ばんとした罪人じゃぞ」

「やかましい」

半右衛門は一途に利高を見上げながら一喝すると、

「御屋形様、どうなのじゃ」

一歩踏み出した。

ここで漸く利高は普段の自分に返った。半右衛門の牙《きば》を抜く物言いをこの老人は知っている。

口の端に僅かな笑みを浮かべると、

「しかしこれは重臣どもの衆議にて決したことゆえな。わしはそれに従うまでじゃ」

困ったような表情で言った。

だが、このときの半右衛門は違った。利高の諭すような口調に同調することはなかった。一向に引き下がる様子を見せない。

「否」

首を横に振ると、

「ここは御屋形様が一決すれば済むことじゃ。是かそれとも非か」

「おのれ、御屋形様に向かい、その言い様は何ぞ」

図書が床几を蹴倒すようにして座を立ち、半右衛門に駆け寄った。

半右衛門は、ぐいと手を前に突き出した。迫る図書は見えない壁にでも突き当ったかのように、急に足を止めた。

「おのれら」

手を突き出しながら、半右衛門が重臣たちをぐるりと見回し言ったのは、この処刑の真意である。

「小太郎が邪魔になったのだな。皆でこの小僧を陥れ、亡き者にしようと図ったな」

いかに裏切りが横行する戦国の世とはいえ、先の戦の第一の功労者に対してこれほどの非道はなかった。小太郎を切腹に追い込んだはずの図書ですら、そう感じている。この男が非情の決意を顔に漲らせていたのはこれがためであった。

半右衛門にとっては、小太郎の切腹を聞いたときから理解していたことである。だが、弱った心はそれを認めようとはしなかった。

「半右衛門よ」

利高が、良き理解者の浮かべる柔和な笑みを湛《たた》えたまま声を掛けた。

「今の狼藉《ろうぜき》は許す故、もう良い加減にして座へと戻れ」

聞いた半右衛門は、視線を利高から外すと諦めたようにうつむいた。

(――是か)

心中で呻《うめ》いた。

すると、利高は手招きして、

「半右衛門、近う」

と言う。

半右衛門は顔を上げ、縁のところに歩み寄った。

「耳を貸せ」

半右衛門は僅かに身体を傾け、利高の方に耳を近付けた。床几から身を乗り出した利高が囁いたのは、半右衛門が睨んだ通りの、処刑の真意であった。

「分からぬのか。小太郎が児玉家に奪われれば、次に大敗を喫するのは我らが方なのだぞ」

児玉家の忍びが小太郎を奪いに来たと聞いた時、利高は震え上がった。

小太郎さえいれば、戦に負けはないと利高自身が確信しているだけに、奪われた時に降り掛かる惨禍は容易に想像できる。結果、利高は、敵に小太郎を奪われない確実な手段、即ち命を奪うことを決断したのだ。小太郎という戦力を失う痛手よりも奪われた際の危険の方が、利高にとってはより切実な問題として迫っていた。

「ここは半右衛門、了見せよ」

情の籠った口調で言うと、利高は身を起こして床几へと戻った。再び半右衛門を見下ろし、

「一度成ったことだ。後戻りはできぬ」

一転して厳しい調子で結んだ。

半右衛門は、身動きもせず瞑目《めいもく》したままでいた。やがて目を開けると、ゆっくりと階《きざはし》に背を向け、庭の方へと向き直った。

だが、半右衛門が歩みを進めた方向に、庭の一同は訝しげな顔をせざるを得なかった。

半右衛門は、介錯人の方へと歩いて行ったのだ。小太郎の斜め後ろに立った介錯人の傍に来る

と、手を伸ばした。

「刀を貸せ」

介錯人は、利高に目で問うた。利高は、うなずき、

「半右衛門、自ら小太郎を介錯せよ」

せめてもの憐れみを与えた。

半右衛門は、座したままの小太郎を見下ろした。

（しおらしや）

少年は、その間、身じろぎもせず、じっと前方を見つめていた。その表情はすでに覚悟を決めた者のそれであった。

そのはずである。白洲には重臣を始め、十数人の警備兵がいる。「死なぬ」とは言ったものの、得物もなければ抵抗などできるものではなかった。

半右衛門は、無言で刀を受け取った。しかし次いで半右衛門が取った行動に、重臣たちは言葉を失った。

半右衛門は、小太郎の襟首を摑むや、ぐいと引き起こしたのだ。

立たされた小太郎は、理解できぬ顔を背後の半右衛門に向けた。

「何をする」

我に返って素《す》っ頓狂《とんきょう》な声を上げたのは図書の方である。

「分からんか」

半右衛門は、図書に目を向けた。

「こいつを助けるのよ」

行動と口調がまったくそぐわぬ穏やかな調子で言った。次いで利高に向き直るや、大音声で叫んだ。

「御屋形様、これより林半右衛門、謀反申し上げる」

4

(坊、やったわ)

心中で手を打ったのは三十郎である。

半右衛門の咆哮《ほうこう》は、館の大広間にも届いていた。

(それでこそ、我が主)

勢いよく立ち上がった。

「戸沢家並びに他家の方々に申し上げる。我が主、林半右衛門謀反により、御異存ある方はお相手致す故、速やかに刀を抜かれよ」

一息に言い放った。

半右衛門の家臣ら十人程度も、三十郎と気分を同じくしている。一斉に立ち上がった。

広間の一同は騒然となった。

が、いずれも大刀は玄関で預けており、小刀しか腰に差していない。三十郎を始め、広間の皆が次々に小刀を抜き放った。

「廊下を固めよ。庭に出させるな」

三十郎は朋輩に言うと、自身は明かり障子を背にして小刀を構えた。


半右衛門が叫び上げるや、縁の上にいた利高は躍り上がった。柔和な笑みは即座に消し飛び、代わりに恐怖の表情が貼り付いた。踵《きびす》を返すと、一目散に館の奥へと駆け込んでいった。

「お逃げなさるか」

半右衛門は、とっさに階に足を掛け、縁へと駆け上がろうとしたが、小太郎がいる。小太郎を背に廻し、庭に向き直った。

(むう)

庭を見れば、すでに警備の兵たちが刀を抜いて殺到してくる。

「馬鹿者」

半右衛門は大喝するなり、真っ先に斬って掛かった兵の刀を下段から跳ね上げた。跳ね上げるや、返す刀で肩から鳩尾《みぞおち》までを袈裟《けさ》懸《が》けに斬り下ろした。

人間技とは思えぬ苛烈極まる斬撃である。兵たちは、どっとどよめき思わず後ずさった。

言ってみれば、半右衛門に斬られた兵は、とんだとばっちりを食ったわけである。元を正せば、半右衛門さえ小太郎を戦に連れ出さなければ、小太郎の切腹騒ぎもなく、半右衛門が謀反することもなく、従ってこの兵も半右衛門ほどの男に斬り掛かることもなかった。

無論、半右衛門もそれを承知している。

(だがな)

半右衛門は庭で半円状に広がりつつある兵たちを見渡した。大刀を持っているのは警備の兵と、大刀を奪った半右衛門だけだ。半右衛門を始めとする重臣たちは、いずれも自らの大刀を預けてしまっていた。

(刃を向けた者を見逃すような真似はせんぞ)

謀反を告げた以上、これを邪魔立てする者に容赦するほど、半右衛門は甘い男ではない。

「手向かいする者は全て叩き斬る」

小刀を抜いて二刀になるや、怒号を上げた。

気弱な者であれば、気を失うほどの半右衛門の怒号である。兵も重臣たちも一様に息を呑んだ。

ちなみに一口に二刀と言うが、一対一の戦闘の場合、これを行うことはまずない。二刀は、一対多数となった時に用いるのが普通である。

両手を大きく広げ、投網を掛けるように敵の集団を追い込むのだ。敵を両腕の中に抱え込むようにすれば、背面や側面からの襲撃が不可能となり、集団の効力が発揮できなくなるからだ。

半右衛門もまた、その呼吸を心得ていた。警備の兵が右に動けば、右手に持った大刀を僅かに動かし、左に動けば左手の小刀で斬り掛かる気勢を示した。こうしてじりじりと間合いを詰め、兵どもはおろか、重臣たちまでをも一角に絡め上げてしまった。

「出合え」

図書が叫んだ。だが、館の中の家臣たちは、三十郎たちに阻まれてか、庭に出てくる様子はない。

「おのれらも何を恐れる。掛かれ」

重臣たちの一番奥にいながら、図書は立て続けに命じた。

(妙だな)

半右衛門は二刀を構えながら、図書の様子を訝しく思った。

この場の図書であれば見せるであろう、うろたえと狂乱の態を示さない。厳しく有無を言わせぬ調子で命じていた。

上に立つ者が狂乱の態で命を発するのは、必ずそれを聞き入れる者がいる場合である。しかし、今の図書はあることを予感していたのだ。

――この重臣どもは戸沢家を見限る。

このことが、図書の命ずる調子を厳格なものにさせていた。それは半右衛門の側から見れば、雄々しくさえ感じられるほどであった。

ほどなく、図書の予感は当った。

「半右衛門、わしはおのれに降る」

と重臣の中から声が上がったのだ。

戸沢家一門、即ち親戚筋の者であった。手に持った小刀を捨て、重臣と兵を掻き分けて半右衛門の前で片膝を付いた。

一門の者がそう出たのだ。残りの重臣たちも一斉に小刀を投げ出して、「当家も同じく」と半右衛門の前に出て膝を付いた。

(何事だ、これは)

半右衛門は事態の急変に呆気にとられながらも、構えは崩さない。刀を持った両腕を大きく広げたまま、重臣たちを凝視していた。

「向後《こうご》、盟主は半右衛門、おのれがその座に就いてくれ」

重臣の一人が言った。斬られるのを恐れたためではない。声音に実が籠っている。これに合わせて兵たちも、刀を背に回して次々に片膝を付いた。

強固な家臣団を持たない盟主の悲しさであった。先の籠城戦での戸沢家の頼りなさと、重臣たちにとっての半右衛門の壮挙が、明暗をくっきりと分けていた。籠城戦での苦戦は、重臣たちに戸沢家の盟主としての資格を疑わせ、小太郎の処刑という暴挙が盟主としての戸沢家を見限らせていた。半右衛門の謀反はきっかけに過ぎなかった。

無論、籠城戦の苦戦だけで言えば、その責めは、戦の前の軍議が籠城に傾くのを見過ごしにした重臣たちも負うべきである。しかし、重臣たちにはそんなことは思いも寄らない。彼らが思うのは、この戦国の世で頼るべき者は誰かということだけである。

——やはり、そう来たか。

天を仰《あお》ぐような心地でいたのは図書である。だが、そこにさらなる追い討ちを掛けた男がいた。

重臣の一人、松尾である。

「半右衛門」

片膝を付いたまま顔を上げた。

「図書殿の首級をわしに挙げさせよ。恭順の意を示す」

一度見限ったとなれば止《と》め処《ど》もない。娘を図書に献上した男が臆面もなく言った。

半右衛門はじろりと松尾を睨んだ。

「臆病者めが、いらぬことを申す」

吐き捨てるように言った。松尾はみるみる額から汗を噴き出し、顔を伏せた。

そこに館の方から刀のかち合う鋭い金属音が響いてきた。聞く間もなく館から飛び出してきたのは、三十郎ら林家の家臣たちである。それを追って戸沢家と重臣らの家臣も駆け出してきた。格闘は続いていた。

「刀を引け」

吠えたのは図書である。うろたえることなく半右衛門をじっと見つめたまま、館から出てきた一同に命じた。

「すでに重臣どもは戸沢家を見限り、半右衛門に付いた。戸沢家の者どもは直ちに刀を収め控えよ」

いずれの家臣も急には判断が付かない。とっさに相対した敵から飛び下がった。見れば重臣たちは、すべて半右衛門に向かって跪いている。即座に全員が小刀を鞘に収めて、片膝を付いた。

「三十、小太郎を頼む」

半右衛門が命じた。集団の中から三十郎が走り寄ってくる。半右衛門の背後にいる小太郎の手を取りつつ、

「坊」

と呼び掛けた。すでに顔をくしゃくしゃにして泣いている。何か言葉を継ごうとしたが、

「早う行け」

半右衛門は両腕を広げたまま、顔も向けずに命じた。視線の先には図書がいる。

図書は跪いてはいない。

「半右衛門」

小刀を抜きつつ、ずいと前に出た。

戸沢家の次の主であるこの男にとっては、この場は半右衛門を斬るしかない。重臣どもが離反したとはいえ、半右衛門さえ斬り捨てれば、別の局面が迎えられるかも知れぬ。

図書が半右衛門に近付くのに応じて、重臣たちは二人から距離を取った。切腹の場は、二人を取り巻く重臣と家臣たちを観衆とした、対決の場へと早変わりした。

「甘き男よ。あの小僧のために謀反したというのか」

図書は、三十郎に連れられた小太郎を示しつつ罵った。

「俺は再び自分が拠《よ》って立つものを取り戻したいのだ」

半右衛門は呟くように言うと、構えを解いて大刀を放り投げた。

――図書は大刀を取れ、俺は小刀で戦う。

というのである。

その意は図書にも通じた。だが、そこは図書も戦国の男であった。最も嫌うのは自らの武辺を侮られることだ。

「弄《なぶ》るか」

鋭く叫ぶや、武技に慣れぬせいか小刀を両手で持って構えた。

半右衛門は図書を凝視していたが、やがて小刀を片手に持って構えた。小刀を持った右手を前にしながら半身になった。次いで、ぐいと腰を沈めた。左手は腹に添えるようにして置いた。

勝負は刹那の間に決まった。

甲高い気合とともに、図書が真っ向から斬り掛かるや、半右衛門は右手を頭上に伸ばしてそれを小刀で受けた。受けつつ、地を蹴った。半右衛門が図書の左側面に廻ったときには、図書の小刀は振り下ろされている。半右衛門の前には、真っ直ぐに伸びた図書の両腕があった。

(図書よ)

半右衛門は念ずるなり、図書の両小手に向かって斬撃を放った。

「ぐっ」

両の小手が図書の腕から離れ落ち、図書は膝を地に付いた。図書の腕からは、凄まじい勢いで血が噴き出している。こうなれば、寸刻ももたない。

それでも半右衛門は止まらない。図書の背後に廻るや、髷《まげ》の髻《もとどり》を掴んだ。図書の咽喉《のど》を上げさせ小刀を当てた。

図書など、初めから半右衛門の敵ではない。技量の差は歴然であった。

しかし、図書には勝利への確信があった。確実に半右衛門の胸を貫く刃を胸に蔵していたのだ。

そしてこの最期におよんで、その刃を取り出した。

それは大刀でもなければ小刀でもない。言葉であった。

「戦の折、我が妻、鈴のことを申したな」

図書は荒い息の下で言った。

半右衛門は、首を掻き切ろうとする手を思わず止めた。すると真っ青な顔のまま、図書は続けた。

「鈴は最期までわしに心を開こうとはせなんだ。最期までおのれに惚《ほ》れておった」

「違う」

と言ったのは、それが半右衛門にとっての事実だからだ。

「鈴は俺に触るなと罵《のの》り、図書を超える武功を立てよと申したのだ。そんなはずはない」

ほとんど口説き立てるかのように言う半右衛門を、図書は鼻で笑った。

「馬鹿な奴め、それが鈴の精一杯の優しさだと何故分からぬ。せめて町の者の噂の中だけでも良い、半右衛門の妻になりたかったと自ら話しおったわ」

「――」

半右衛門は二の句が継げなかった。

(そうだ――)

思えば、とうに承知していたことなのかも知れない。だからこそ、鈴を想い続けることもでき、武功を立てることにやっきになり続けることもできたのではないか。

(――俺は鈴の想いを知っていたのだ)

半右衛門が口を固く引き結んだ時である。

図書は隠し持った刃をついに突き出した。

「聞け、半右衛門」

咽喉に小刀を受けながら、嚇っと目を開き叫んだ。

「鈴は病で死んだのではない。このわしが成敗してくれた。おのれが大事なものを奪い去ったは、このわしじゃということを生涯忘れずに生きよ」

図書にとって半右衛門は、死んでも負けられない男であった。この一言で図書は勝ち逃げできる。半右衛門は報復する相手もないまま、敗北の苦汁を舐《な》めつつ生き続けるはずである。

だが、図書の刃は、半右衛門の胸を貫き通すことはできなかった。図書の言葉によって半右衛門が知ったのはこのことであった。

(図書は心底、鈴に惚れていたのだ)

不思議と図書に対する怒りは湧いて来なかった。むしろ、図書と漸く分かり合えた気がした。事情を知れば、ことあるごとに半右衛門に楯突《たてつ》いた図書の態度の意味が良く分かった。

かつての半右衛門は、弱者に憐れみを掛けこそすれ、その心に同化し、その者の立つ場にまで降りて来ようとはしなかった。当り前のように強者として振る舞い、ことごとく図書の上を行った。弱者である図書の虚勢の意味を、思い遣《や》るなどしたことがなかった。

だが、今は分かる気がした。

(同じ女に惚れた者同士、語り合うことはできなんだか)

半右衛門は刹那の間、思った。

(できんな)

互いの現実がそれを許すはずがない。

(今生では、できぬことだったのだ)

寂しげな笑みを浮かべたとき、図書の身体が小刀の刃に向かって前のめりに傾いてきた。小刀を外しても、それは続いた。図書の頭は膝に付かんばかりに曲がり、やがて横倒しに倒れた。

重臣の一人が走り寄ってきた。図書の首筋に触れ、

「すでに事切れておる」

と伝えた。

半右衛門はうなずいた。図書の屍骸に向かい、

「図書よ、先に行き、鈴の無聊《ぶりょう》を慰めよ」

ぐいと顔を上げるや、

「御屋形様をお探し申せ」

大音声で叫んだ。

真っ先に重臣たちとその家臣どもが館に駆け込み、最後に半右衛門がゆっくりと階を登っていった。庭には、小太郎の手を取った三十郎と、図書と兵の屍骸だけが残された。

半右衛門は館に上がると、早足に廊下を行った。

「御屋形様、いずこにおわす」

次々に襖を開け放ちつつ、利高を探した。

利高は意外な場所にいた。

半右衛門が広間の襖を開けたとき、「半右衛門」怒鳴りつける利高の姿が目に入った。

(むう)

思わず半右衛門はその威に打たれた。

(御屋形様)

館の中を逃げ回っていた利高は逃げることが叶わぬと見た。ゆえに、最も効果的であるはずの手段に出た。即ち、盟主としての威厳を失うことなく、端然として上段の間に座したのだ。

半右衛門は思わず、跪いて両手を床に置いていた。

効果はてき面であった。これが、利高が威を張るのを倍加させた。内心、躍り上がりたいのを抑えつつ、半右衛門を見下ろすと、

「あの小僧が危険だと何故分からん」

叱責《しっせき》するように言い放った。

だが、利高は半右衛門という男を見誤っていた。この男はすでに以前の半右衛門ではない。

(だから騙して殺すのか)

半右衛門は床から手を離し、ぐっと胸を張った。

「御屋形様、わしは小太郎に偽りを述べたのじゃ。偽りによって信頼させ、人を殺させたのじゃ。わしはもうあの者を騙し続けとうはない」

叫び上げた。上段の間に足音も荒く駆け寄るや、

「御免」

利高の胸倉を摑んで上段から引き摺り降ろした。

すでに、重臣やその家臣たちが広間に集まっていた。上段の間で揉み合う二人に向かって平伏した。その中から松尾が進み出て言上した。

「林半右衛門殿、只今、逆臣戸沢図書を討ち果たし、此度《こたび》の騒動を見事静めましてござる」

利高は、半右衛門を引き離そうとするのを止めた。松尾の一言ですべてを察したのだ。引き摺られてきた下座でへたり込んだ。半右衛門に目をやると、力なく言った。

「半右衛門、苦労であった」

㊆

銃声

1

小太郎が切腹するはずだったその日のうちに、戸沢家は盟主としての地位を失った。戸沢利高をはじめ重臣たちは、館の広間で連判状と呼ぶ新たな盟約書に署名した。半右衛門を盟主と仰ぐことで合意したのだ。

半右衛門は、連判状を持って家臣たちを連れ、在所へと戻った。

「もう始まっていたのか」

在所に向かう畦道《あぜみち》で、馬上の半右衛門が声を上げた。小太郎は、半右衛門の馬に相乗りしていた。

辺りの田圃では、百姓たちが立ち働いている。そこに華を添えるのは、田植えをする早乙女《さおとめ》たちだ。

(もう四月か)

半右衛門は長い眠りから覚めたような心地がしていた。戦が終わったのは冬の最中である。もう三ヶ月以上もこの男は自失の状態を続けていたのだ。半右衛門は途轍《とてつ》もなく長い間、一人で別の世界にいたような気がしていた。

「しばらくは戦も休みじゃな」

前を行く三十郎が、うれしげな声を上げながら振り向いた。

農作業は年間を通じて何かしらあるが、戦は概《おおむ》ね農閑期とされる冬に行われた。これから冬までは、三十郎自身も自らの所領の田に出て監督し、ときには自ら作業に加わらねばならない。

ふと、半右衛門は後ろの小太郎を見やった。

小太郎は下を向いて、一点を凝視したままでいる。何やら思い悩んでいる風であった。

半右衛門はその理由が即座に分かった。

「小太郎、また戦はある。じいと玄太めの仇も必ず討てる」

むしろ、涼しげとも言うべき顔で伝えた。この男は、謀反に踏み切ったときから、ある決意を胸に抱いていた。そのことが、半右衛門に力を与えていたのだが、ふと浮かぶ寂しげな色を拭《ぬぐ》い去ることはできなかった。

「本当か」

小太郎は、目を輝かせた。

「だが、相手も強い」

半右衛門は目を細めてそう言うと、「三十」と呼び掛けた。

「わしは、小太郎と参るところがある。家臣どもを連れ、先に在所へと戻れ」

「どちらへござるのじゃ」

三十郎は不審げな顔で訊いた。

「重臣の者どもは信用が置けぬでな。信頼できる男に会うてくるのさ」

突如、半右衛門を盟主に祭り上げた重臣たちを信用できないのは、三十郎も重々承知している。

半右衛門に力なしと見たならば、あっさりと捨てる者どもだ。

半右衛門は、

「行け」

と言い捨てるや、鞭《むち》を入れて馬を飛ばした。

馬を駆ってやってきたのは、敵の児玉家との領分境である太田川のほとりだった。戦時ではないので、互いの岸辺に数人の哨兵を数町おきに配置しているだけである。

「どこへ行くのじゃ」

ようやく疑問を抱いた小太郎が、後ろから声を上げた。

半右衛門は微笑を浮かべつつ後ろを向くと、

「児玉家の花房喜兵衛という男に会いに行く」

この男にとって、最も信頼できる男は敵側にいた。半右衛門はそのことを、戦を通じて知り過ぎるほどに知っている。

だが、小太郎にとっては違う。

「じいの仇じゃないか」

怒声を放った。

「小太郎よ」

半右衛門は、微笑に浮かぶ寂しげな色を濃くすると、

「児玉家に仇などおらぬ」

半右衛門の表情に小太郎は言葉を呑んだ。

半右衛門はそんな小太郎を他所《よそ》に、再び前方へと向き直った。

味方の哨兵に名乗った上で、大音声で向こう岸にいた児玉家の哨兵に声を放った。

「林半右衛門じゃ。花房喜兵衛殿に所用につき、これよりまかり越す。撃つなよ」

川の流れへと馬を入れた。


林半右衛門来るの報は、四半刻の後には喜兵衛の在所に達した。

「何」

聞くなり、喜兵衛は読んでいた兵書を放り投げた。

息を切らせて報じる家臣によれば、半右衛門は小僧一人を連れ、領内に足を踏み入れたという。

「本当かよ」

喜兵衛は思わず大笑を発した。馬を出すよう命ずると、部屋を飛び出した。

喜兵衛の在所にも、児玉家の本拠である鶴ケ島城の城下町には遠く及ばないながら、町人どもの住む町がある。喜兵衛が馬を激走させてその町に入ると、馬上の半右衛門が目に入った。

「おお、林殿」

うれしげに大声を上げた。

半右衛門もまた、馬上で兵たちの槍衾《やりぶすま》に囲まれながら、

「おう」

と手を挙げた。次いで、後方に首を向けた。小太郎は、馬を打たせて近付いてくる喜兵衛を、怒りを孕《はら》んだ目でじっと見つめている。

半右衛門は僅かの間、眉間に皺を寄せて瞑目すると、

「小太郎、馬から降りるのだ」

と命じた。

「え」

「降りろ」

叱咤《しった》するような半右衛門の声音に、小太郎は訝しげな顔で従った。小太郎が馬を降りたのを見届けると、半右衛門は再び前方に向き直った。

喜兵衛は、「槍を収めよ」と兵たちを怒鳴りつけながら、馬上のままこちらに向かって来ている。兵たちが場所を空けると、馬首が触れるほどに馬を寄せてきた。

「遠路はるばるよう来なされた。どうじゃ、一杯」

にやりと笑って盃を上げる仕草をして見せた。

半右衛門もつられてふと笑う。

「いや、用が済めば帰る」

「何用じゃ」

「この者を花房殿に預けたい」

聞くなり、小太郎はぎょっとした顔で馬上の半右衛門を見上げた。

喜兵衛にとっては敵からの頼みごとである。しかし敵の頼みであればこそ、いかにも軽々と受けるのが戦国期の男の心意気であった。

「たやすいこと。他には」

重ねて訊きさえした。

「何故じゃ」

大声で口を挟んだのは小太郎である。これから半右衛門がやろうとしていることが、当然のごとく理解できない。馬上の半右衛門に縋《すが》るようにして詰め寄った。

「黙れ」

半右衛門は、そんな小太郎をぎろりと見下ろした。放ったのは怒声である。

「頼みごとはそれだけだ」

小太郎が思わず息を呑むと、再び喜兵衛に向かった。

小さく首を振った。そして言葉を継いだ。

「この者の名は雑賀小太郎。先の戦で足軽大将のことごとくを討ち取ったのはこの者だ」

これには、喜兵衛も驚かざるを得ない。何しろ、盟主の児玉大蔵直々《じきじき》の命で、喜兵衛が雇った忍者、萬翠が奪い去ろうとした者なのだ。それをわざわざ連れて来たのだという。改めて小太郎を凝視した。

「この小僧がそれか」

言ったまま、口を馬鹿のように開けたままでいた。

半右衛門は、口を固く引き結んだ小太郎に向き直った。

「小太郎よ、向後《こうご》はこの花房殿を爺と思え」

「何故なんじゃ」

怒りの表情ながらも、眸《ひとみ》には涙を湛《たた》えて小太郎は半右衛門を見上げ続けた。

(小太郎よ)

半右衛門は、馬上から小太郎を見下ろしながら、小さく躊躇《ためら》った。だがすでに意は決している。

この男が謀反に踏み切ったと同時に決めたのは、これを明かすことである。

言うべきことを言った。

「爺を亡き者にしたのは俺だ」

小太郎の眸を見据えつつそう言った。

だが、小太郎は頭から信じようとはしない。

「何故そんなことを言う」

涙が溢《あふ》れ出した。自分を遠くへやるために、ありもしない出鱈目《でたらめ》を言うのだろう。そんな調子で喚いた。

半右衛門の顔が厳しさを増した。

「真《まこと》のことだからだ。爺を殺し、爺との約定を破って、おのれを戦に駆り立てたのはこの俺だ。そして玄太が死の責めもまた俺にある。俺が爺と玄太の仇だ」

「嘘を吐《つ》くな」

小太郎は、鐙《あぶみ》に掛かった半右衛門の足を摑み激しく揺さぶった。半右衛門は、構わず喜兵衛に視線を向けた。

「花房殿、小太郎を頼んだぞ」

「心得た」

喜兵衛は、馬上から手を伸ばすと、小太郎の襟首を摑んで半右衛門から引き剝《は》がした。やりとりを聞いて、喜兵衛はあらかたのことは理解した。そして、自らの為すべきことも分かった。暴れる小太郎を豪腕で引き付けつつ、

「林殿、あとは任せられよ」

とうなずいた。

半右衛門も首肯した。次いで馬首を巡らすと、戦場に臨むかのごとく、勇ましげに叫んだ。

「小太郎、次の合戦で会おうぞ。決して手加減などするな。俺も本気で掛かる」

「坊殿、噓を吐くな」

それでも小太郎は、もがきながら声を放つ。

「小太郎よ」

半右衛門は歩ませようとしていた馬の足を止めた。僅かに振り向き小太郎に横顔を見せると、

「すまなかった」

頭を下げた。

半右衛門の目の端に、脚を萎《な》えさせしゃがみ込む小太郎の姿が映った。それは真実を悟った者の姿であった。

半右衛門はぐいと頭を起こすと、馬に鞭を入れた。馬は勢いよく地を蹴り、その姿は急速に小さくなっていく。やがて角を曲がったところで消えた。

2

半年が経った。

弘治三年（一五五七年）の秋である。

刈り入れを終えた田の畦道を、三百騎の騎馬武者の群れが土煙を上げながら激走していた。騎馬軍団の先頭を、馬を励まし疾走するのは、盟主となった半右衛門である。馬は先の籠城戦で使った大竜寺であった。

児玉家側の領地でもすでに秋の収穫を終えていた。児玉家にとって待ちに待った報復の時がやってきたのだ。盟主、児玉大蔵までもが出陣し、六千という大軍を率いて領分境である太田川の線まで押し出してきた。その報はその日のうちに、半右衛門の在所に入った。

(来たか)

報に接するや、半右衛門は直ちに盟主として重臣たちに陣触れを発し、三千の兵を率いて出陣した。重臣たちは陣触れに応じ、かつての盟主、戸沢家もまた、隠居した利高に替わって一門の者を当主に立て、これを出陣させていた。

「坊」

疾駆する馬上で、三十郎が呼び掛けて来た。横を向くと、何か苦情を申し立てたい顔でいる。

半右衛門は、機先を制した。

「大将が後ろで踏ん反り返って、兵どもが動くかよ」

大声で叫ぶや、擂鉢原《すりばちはら》に通じる切通しに突入していった。後続の騎馬武者どもも馬速を上げて、これに従った。

半右衛門は暗くじめじめした切通しの路を疾走した。

この男はもう、強く快活なだけの男ではなくなっている。

重臣たちを始め、家臣や民の訴えに耳を傾けるのは以前と変わりなかったが、これまでのように明快に即断即決することができなくなっていた。その者の境涯にまで降りて考え、終日深沈《しんちん》とした顔で判断を下せない場合も珍しくない。だが、このことが却《かえ》って、

——情ある盟主。

と他者をして思わせ、戸沢家が盟主だった時代よりもその結束は固くなっていた。

戦に臨む半右衛門の豪壮雄偉な様子は以前と何ら変わりない。しかし、今の半右衛門の心中を占めていたのは戦ではなかった。

(小太郎に仇討ちをさせる)

このことが、半右衛門に勇猛を生み、どこか快活な声を上げさせていた。

もちろん、小太郎のために華々しく戦場に散り、自殺的な死を選ぼうとは思わない。この時代の男たちなら例外なくそう考えるだろう。仇だと名乗った以上、死力を尽くしてこれに立ち向かう。半右衛門もまた、全力でもって小太郎との戦に臨み、これを討ち取ろうと考えていた。

だが、その一方で、

(あの神の腕には到底敵《かな》わぬだろう)

馬上で風を切って突き進みながら、冷めた頭で判じていた。

切通しを抜けた途端、秋にしては強すぎる日差しが、半右衛門の顔を照らした。

(むう)

途端、半右衛門は唸《うな》った。

日差しのためではない。切通しを抜けた播鉢原では、児玉家の大軍六千がすでに領分境である太田川を越えて布陣していたのだ。

「止まれ」

半右衛門は、擂鉢原を少し進んだところで騎馬武者たちを止め、真横に展開させた。前回の擂鉢原での合戦の時と同じく、騎馬武者たちだけで先行している。足軽どもの到着を待たねばならない。

「坊」

横で馬を立てていた三十郎が、不安げな顔を向けた。

味方は、敵の半分の三千程度である。これでは勝ち目が薄いのではないか。

「平気さ」

半右衛門は、片眉を上げて戦術を明かした。

敵が仕掛けてくれば、一当てした後、偽装して退却する。退《さ》がる先は切通しである。この細い切通しの路で大軍の利を失わせた上で、幾度か槍を合わせ、敵を調子付かせながら引き付ける。やがて切通しを抜ければ、あとは数騎ずつ顔を出してくる敵を待ち構えて一騎一騎討ち取っていく。ならば緒戦は勝てるはずだ。

「そういうことよ」

半右衛門は事も無げに言った。

三十郎にとっては、再び戦場で見られないと思っていた半右衛門の姿である。

「おう、おう」

と、うれしげに何度もうなずいて見せた。

(だが、喜兵衛の奴もそれを読んでいるがな)

半右衛門は心中、嬉々として、敵である喜兵衛の器量を思った。

敵の大軍は一向に寄せてくる様子を見せない。喜兵衛が逸《はや》る兵どもを引き締めて、動かさないのに違いない。一度、敵の弱みに乗じた兵を容易に押し留められるものではないことを、喜兵衛は良く承知しているのだ。

無論、半右衛門の関心は今、そこにはない。

(小太郎は)

その姿を敵の中に求めた。

だが、小太郎の姿を敵の前面に認めることはできなかった。

(中軍に紛れているのか)

そう思ったところ。

「林半右衛門殿」

大音声が敵の中軍辺りから響き渡った。

聞き覚えのある喜兵衛の声である。目を凝らすと敵の軍勢が割れ、喜兵衛の巨体が姿を現した。騎馬である。その姿が奇妙であった。槍も太刀も持たず、小刀を帯びただけの出で立ちであった。

「おう」

半右衛門は大声で返答した。すると、喜兵衛はさらに大胆な行動に出た。ゆっくりと馬を打たせて、単身こちらへと進んできたのだ。

色をなして馬を駆ろうとする味方に、半右衛門は、

「手出しはならん」

命ずるや、三十郎に槍を預け、自らも馬を乗り出した。

半右衛門と喜兵衛が行き合ったのは、両軍の中央辺りである。どちらの軍勢からも距離があるため、両者の話を耳にできる者はなかった。

「小太郎は」

半右衛門は馬を止めるなり、訊いた。喜兵衛は手を挙げてそれを制した。

「その前に林殿に問いたい」

半年前に喜兵衛の領内で会った時とはまるで違う厳しい調子である。

この男は、先の半右衛門と小太郎とのやり取りを聞き、半年を掛けて小太郎から事情を問い質《ただ》し、すべてを知った。発したのは、それを充分踏まえた上での問いであった。

「林殿はいずれをなされたいのか」

喜兵衛は言った。それは、半右衛門の抱える矛盾をずばりと突いた問いであった。

「林殿が戸沢家の重臣どもを信用せず、わしに小太郎めを預けたは、二度とこの小僧を戦場に出すなとの意であろう。だが、林殿は戦場で小太郎に仇討ちをさせたいと言う。戦場に出れば、当然のごとく、小太郎めの種子島の腕は衆目に晒《さら》される。ならば、我が盟主も黙ってはおらぬ。必ず、小太郎めを召抱えようとするだろう」

とすれば、誰もいない野原で仇討ちをさせればいいではないかというのは、現代人の考え方である。

この時代の者にそんな地味な考え方はない。仇討ちでさえも、衆目の中で敵を討ち取り、あるいは華々しく散る。そんな派手さしか頭にない男たちなのである。問い掛けた喜兵衛も、衆目のない仇討ちなど思いも寄らない。

「ならばいずれを選ぶ」

喜兵衛は、そう問いを締め括った。

実を言えば、この児玉家の猛将は、苦境に立たされていた。雑賀小太郎を喜兵衛が預かったという噂は、盟主の児玉大蔵に達していたのだ。

――小太郎を寄越せ。

という児玉家の命を喜兵衛は撥《は》ね付け、小太郎を領内の村に隠して半年をやり過ごしてきた。

すべては、半右衛門が小太郎を託した意を汲《く》んでの行動であった。

喜兵衛は、そんな自らの事情をおくびにも出さない。じっと半右衛門を見据えていた。

半右衛門は、視線を下に向け、馬首を見つめたきり押し黙っている。

ここで、

「小太郎はどう言っている」

などと女々しいことは訊かない。他人の意向で自らの意を決めようなどとは、この男は露ほども思わない。

一方の喜兵衛は、小太郎の意向を知っている。開戦前に、小太郎を隠した村へと赴き、その意を問い質していたのだが、それを明かそうとはしなかった。

ただ、

「いかがする」

と問いを重ねた。

「俺は——」

半右衛門は言うや、昂然《こうぜん》と顔を上げた。

「戦場にて仇討ちをさせる」

そう言い切った。

またも、亡き要蔵の意向に反し、小太郎を戦場に出させる決断を下したのだ。

いかに情ある者と言われようとも、この時代の武者たちは、大小の差はあれ、そのいずれもが利己主義の塊であった。即ち、自らの男を立て、見事な武者たる自身を実現するためには、いかなる犠牲も問わないという者たちである。

だが、現代の利己主義者たちと異なるのは、彼らが命懸けでそうあり続けたことにある。そのことが、戦国の男たちに強烈な個性を生じさせ、後世にまで記憶させる働きをさせた。

このときの半右衛門が、まさにそうであった。小太郎に仇討ちをさせたいという考えは、無論、小太郎の無念を晴らすためのものである。しかし、これは同時に、小太郎に仇討ちをさせ無念を晴らさせることによって、半右衛門が武者としての自分を取り戻すためのものでもあった。それを半右衛門は命懸けでやろうとしていたのだ。

この男は、すでに喜兵衛を通じ、左構えの種子島を小太郎に送っている。武者としての自分を取り戻す戦いに臨もうとしながら、小太郎の左腕を前にしては、まず生き延びることはできまいとも覚悟していた。

「左様か」

喜兵衛は、半右衛門の返答を聞くと小さくうなずいた。この男もまた、利己主義者の一人である。半右衛門の決断の理由がよく分かった。そして、喜兵衛が聞いた小太郎の決断は、半右衛門のそれと一致していたのだ。

そのことを伝えると、

「当然のことだ」

半右衛門は表情一つ変えることはなかった。次いで、

「されば、小太郎を出してくれ」

と言ったが、これは、喜兵衛を更なる苦境に立たせることになるはずの依頼であった。

小太郎はすでに児玉家の軍勢の中にいる。喜兵衛が足軽勢の中に埋伏させていた。喜兵衛は、半右衛門が小太郎に仇討ちをさせることを望まなければ、家臣に命じて小太郎を虜《とりこ》にし、いずこかに落す気であった。二度と戦に出させぬためにである。

しかし、半右衛門は仇討ちを望んだ。となれば、小太郎の左腕は衆目に晒されるだけでなく、盟主である児玉大蔵にまで目撃されることになる。仇討ちで小太郎が生き残れば、児玉大蔵は、小太郎をその場で押さえようとするだろう。そうなれば盟主に反旗を翻してでも、即座に小太郎を戦場から落そうと腹を括《くく》った。決断は一瞬であった。

無論、この決断を半右衛門に伝えるようなことはしない。

「わかった」

軽々とした調子でうなずくと、馬首を巡らし自軍へと馬を駆った。

半右衛門もまた、馬首を巡らし馬を打たせた。この男もまた、自軍の者に用がある。

「三十よ、槍を寄越せ」

自軍に着くなり、呼び掛けた。

「は」

馬を寄せ、槍を差し出す三十郎に、半右衛門は到底、盟主にあるまじき言葉を発した。

「俺がもし討たれたならば、あの花房喜兵衛殿を頼り、これを盟主と仰げ」

3

「坊、何を」

三十郎は目を剝《む》いて半右衛門を見上げた。

「わかったな」

半右衛門は、鎧《よろい》の胴の内側を探ると一通の封書を取り出した。

「連判状だ。これを喜兵衛に渡せ」

「何をなさるつもりじゃ」

三十郎が喚いたとき、敵の軍勢からどっと喊声《かんせい》が上がった。思わずその方に目をやると、敵軍の中央から一人の足軽が、ずいと前に出てきた。

三十郎は目を凝らした。敵軍との距離は七町ほどである。目を凝らせば、どうにかその足軽の輪郭が捉えられた。特徴ある乱髪のその男は、長身で、その左手には鉄砲を下げていた。

三十郎は即座に、半右衛門の意図を見抜いた。

「坊、まさか」

とっさに、再び半右衛門へと真っ青な顔を向けた。

半右衛門は、三十郎の視線を押さえるように、ゆっくりとうなずいた。

「駄目じゃ、坊、駄目じゃ」

三十郎は、手を伸ばして腕を捉えようとした。だが、半右衛門はそれをかわすように、ゆらりと馬を乗り出した。

「坊」

と呼びつつ、三十郎も馬を進めた。これにつられて、兵どももまた前進を始める。が、それは束の間のことだった。

「来るな」

半右衛門の大喝が飛んだのだ。

「誰も手出しはならん」

三十郎は我知らず馬を止めた。兵どももまた同然であった。

「三十よ」

半右衛門は、馬を止め振り向いた。小さく笑った。

「俺は見事な武者になれるのだろう。ならば、今がその時なんだぜ」

「坊」

三十郎はそう言ったきり、もう止めようとはしなかった。この主を武者として遇するならば、ここは決して止めてはならない。この老武者はそう悟った。

半右衛門は、三十郎の様子に再びうなずくと、

「もっとも、俺は武功を立てることも、見事なる武者になることも必要なかったのかも知れんがな」

さらに笑みを深くして、

「俺はすでに望む物を手にしておったわ」

と空を仰いだ。

「何じゃ、それは」

涙声になりながら三十郎が訊いた。

半右衛門は、にやりと笑った。それは三十郎に幼いころよく見せた、いたずら小僧の顔であった。

「お前なんかに言うか」

叫ぶや、敵軍に向け、どっと馬を駆った。

「我が妻、鈴さ」

疾駆する馬上で、半右衛門はそう小さく呟いていた。

(そうだとするなら)

ふと半右衛門は思った。

もともと躍起になって武功を立て、見事なる武者を目指す必要などなかったのではないか。

(それはないな)

仮に、鈴から「図書を越える武功を立てて見せよ」との言葉を突き付けられなかったとしても、自分はこんな生き方をしていたに違いない。半右衛門は即座にそう思い直した。

（これが、俺の望んだ俺だ）

思うなり、前方に向かって刮目《かつもく》した。

――小太郎を討ち取る。

そのことだけに意識を束ね上げた。

見れば、左腕に鉄砲を下げた小太郎の姿がみるみる大きくなってくる。足軽勢の中に紛れ込んでいたためか、腹当のほかは武具らしいものを着けていない。具足下着に脛《すね》丸出しの袴《はかま》を穿《は》いた、足軽そのものの格好でいた。

（よう来た）

念ずるなり、一町ほど走ったところで馬を急停止させた。

両者は六町ほどの距離を置いて対峙《たいじ》した。

「小太郎」

半右衛門は、大声で叫んだ。

「応」

小太郎もまた大声で返答した。

（おお）

半右衛門は思わず笑みを洩らした。

堂々たる声の張りである。喜兵衛に聞いた通り、この少年に仇討ちへの逡巡《しゅんじゅん》は一切ないらしい。

そんな小太郎の姿を、半右衛門は目を細めて見つめていた。背丈こそ変わらないものの、脚や腕に肉が付き、僅か半年の間にひと回りも大きくなったかのようであった。

「立派になりおった」

そう叫んだ。

すると、小太郎に僅かな変化が生じた。

「応」

再び大声で返答するが、その声が涙に濡れたかのように、僅かな擦《かす》れを伴っている。

（馬鹿め）

半右衛門は、怒気を発して喚いた。

「仇討ちを前にして、涙など見せる軟弱者め。あの場におのれがおったとしても、あの爺は死んでおったわ」

もっとも残忍な言葉を放った途端、

（むう）

半右衛門は巨大な風圧に激突したかのような衝撃を受けた。

風圧は明らかに小太郎から発せられている。

何度か傍らで目撃してきた雑賀衆の闘志が自らに向けられたのだ。

（これか）

思わず身震いしながら、馬腹を蹴った。驚く馬が前脚を上げて足掻く中、再び叫び上げた。

「聞け、雑賀小太郎。我が名は林半右衛門秋幸。功名漁りの半右衛門とはわしがことじゃ。我が首を挙げ、見事爺の仇を討って見せよ」

名乗り終えるなり、自軍の兵どもが一斉に鬨《とき》の声を上げた。これに応《こた》えて、敵陣からもどっと喊声が放たれる。両軍合わせて一万近くの大音だ。巨大な喊声は擂鉢原を囲む山々で反射を繰り返し、割れんばかりの轟音に成長していった。

「参る」

大音響の中、半右衛門は再び馬腹を蹴って馬を駆った。

小太郎は六町の先にいる。

(翻弄《ほんろう》させるか)

半右衛門は僅かの間、自問した。鉄砲で迎え撃つ相手には、稲妻の形に馬を進めて狙いを定めさせないのが常道である。

(だが、敵は小太郎だ)

即座に意を決し、小太郎に向かってそのまま一直線に突進した。我が気勢で、小太郎を圧殺するつもりである。その姿はさながら巨大な矢のごときものであった。

半右衛門は、急速に近付いてくる小太郎の目を射込むようにして睨《にら》むや、雷鳴と聞き紛うほどの咆哮《ほうこう》を上げた。

普通の者であれば、胸が揺らぎ、脚は萎《な》え、遂には気死するか、気を保てば逃走にかかるかするほどの咆哮である。

半右衛門の咆哮に敵の全軍が揺れた。小太郎の付近にいたものは忽《たちま》ち崩れ立った。意識を保った者は、次々に後方の太田川へと飛び込んでいった。

その中で小太郎だけは、半右衛門に正面を向けたまま一歩も退かなかった。大きく脚を広げて地を踏み締め、屹立《きつりつ》し続けていた。

（見事だ、小太郎）

半右衛門は、一人踏み止まった小太郎に心中で語り掛けるや、疾駆する馬上で槍を繰り込んだ。

咆哮は更なる高まりを見せ、絶頂に達した。距離は三町（約三百三十メートル）に縮まっていた。

途端、小太郎が動いた。

身体を横に向けるや、銃口を半右衛門に向けた。躊躇《ちゆうちよ》はない。構えた瞬間、火蓋を切り轟音《ごうおん》とともに弾を放った。

左構えの鉄砲が発した銃声は、瞬時にして戦場全体に響き渡った。

「坊」

とっさに三十郎が声を上げたときには、半右衛門の生命はこの世から消し飛んでいた。眉庇《まびさし》の下、眉間を打ち砕かれ、即死した。屍骸となった半右衛門はもんどり打って落馬し、どうと地面へと叩き付けられた。

咆哮は止んだ。

潰走《かいそう》していた兵たちは足を止め、恐る恐る後ろを振り向いた。咆哮の主は仰向けに斃れ、馬だけが狂奔している。だが、やがてそれも止んだ。

両軍はしばらくの間、自失して沈黙を続けていた。まず我に返ったのは児玉家の軍勢である。我を取り戻すや、どっと喊声を上げた。

「見事じゃ、小太郎」

喜兵衛も叫んだ。中軍から馬を進めて小太郎のいる最前列へとやってきた。

だが、当の小太郎は、半右衛門の屍骸の方へと向かっていた。拙《つたな》い足取りであった。この小太郎の動きに、児玉家の軍勢は、興を冷ましたかのように一時にして鳴り止んだ。

長い時間を掛けて、小太郎は漸《ようや》く半右衛門のところへとやってきた。誰も小太郎に近付く者はなかった。

小太郎は、半右衛門の屍骸を見下ろした。

半右衛門は、槍を握り締めたまま大の字になって死んでいた。顔を見れば、血で真っ赤に染まりながらも、目を閉じ穏やかな死に顔でいる。見ようによっては口の端に笑みさえ垣間見えるようであった。死力を尽くしての闘死であれば、喜んで受け入れる。そんな、この時代の男特有の死に顔であった。

ふと、小太郎は兜の錣《しころ》の内側を見た。見るなり、どっと涙を溢れさせた。

錣の内側には、風車が仕込んであった。小太郎が鉄砲試合の前、貢物だと言って渡した風車である。

「坊殿」

涙声でその名を呼びながら膝を折り、半右衛門へと取り縋った。

「わしは人並みになったよ。望みの物を手に入れたよ。でも、わしが人並みになろうとしたばかりにじいも玄太も死んでしもうた」

普段、口数の少ないこの少年が、訥々《とつとつ》とその心を明かした。

しかし、それは半右衛門がかつて小太郎に忠告したことである。

――人並みになるとは、人並みの喜びだけではない、悲しみも苦しみも全て引き受けるということだ。

半右衛門は、人並みどころか人に秀でた男になろうとし、そのことがこの男に数々の辛苦《しんく》を舐めさせた。

小太郎もまた同然である。人並みになろうとし、図らずも人並み以上の者になったが、得たのは喜びだけではなかった。

半右衛門は、それに立ち向かった。しかし、小太郎はそうではなかった。

別の道を選んだ。

「こんなことなら、もうわしは人並みになどなろうとは思わん」

小さく言うや立ち上がり、左構えの鉄砲を捨てた。

小太郎は知っていた。祖父の要蔵が死んだのも、玄太が死んだのも、自らの左腕のためであったのだと。そして半右衛門が死んだのさえ、元をたどればこの左腕があったためなのだと。小太郎が涙を流したのは、この男を討ち取ったためではない。その根本たる原因を作ったのが自分だったからだ。

「さよなら」

半右衛門を見下ろして言うと、半右衛門愛蔵の大竜寺に飛び乗った。

馬上の人となった小太郎に向かって、喜兵衛が大声で問い掛けた。

「小太郎、向後《こうご》はどうする」

「山に帰る」

小太郎は即座に答えた。

「帰ってどうする」

「ただ、山に帰る」

小太郎がそう言って馬を飛ばしたのと、喜兵衛の叫んだのとが同時であった。

「あの小僧に手を出す者は、我が花房家一千五百の兵が叩き潰す」

喜兵衛の下知が飛ぶや、「応」と吠《ほ》えて、花房家の兵千五百が自軍から飛び出した。兵どもは、喜兵衛とともども敵味方の軍勢の中央へどっと押し出した。位置に付くや、外側に槍を向け円陣を敷く。小太郎を追うならば、いずれの軍勢でも襲い掛かるという気組みである。

「追うな」

三十郎もまた、林家の兵どもにそう下知した。音に聞く花房喜兵衛の軍勢が相手である。半右衛門を盟主とする他の重臣たちも、容易に兵を動かそうとはしなかった。

敵味方の全軍が見守る中、小太郎は山の一角へとまっしぐらに馬を駆った。

喜兵衛は自軍の兵どもに囲まれながら、鐙《あぶみ》を踏み締め、馬上から伸び上がった。見れば、小太郎の姿は、みるみる小さくなっていく。

(まず、無事か)

安堵《あんど》して視線を下に移せば、馬の足元に半右衛門の屍骸があった。

(暢気《のんき》な面しやがって)

喜兵衛は、半右衛門の死に顔に思わず兎唇を歪めた。苦い顔でいる。

それも当然であった。ともすれば我が盟主の児玉家と合戦沙汰になるかも知れない。いや必ずそうなる。この先のことを思うと、うんざりした。

(合戦の時といい、この事といい、面倒ばっかりかけやがって)

だが一方で、立場が逆なら自分も半右衛門と同じことをしていただろうと分かっている。

（ま、そういうことさ）

ふと笑った。再び小太郎の駆け去った方に目を向けた。

だが、その時にはもう、小太郎の姿は消え去っていた。

本作品は『ＳＴＯＲＹ　ＢＯＸ』（小社刊）01号〜03号に
掲載されたものに大幅書き下ろしを加えたものです。

和田竜

Wada Ryo

一九六九年十二月、大阪府生まれ。早稲田大学政治経済学部卒。二〇〇七年に「のぼうの城」でデビュー。同作が直木賞候補、本屋大賞二位に。本作が三作目となる。

宣伝・備前島幹人／販売・内山雄太／制作・西手成人／制作企画・粕谷裕次／資材・池田靖／編集・石川和男

小太郎の左腕

二〇〇九年十一月二日　初版第一刷発行

著者　和田 竜
発行者　飯沼年昭
発行所　株式会社小学館
〒一〇一-八〇〇一　東京都千代田区一ツ橋二-三-一
編集　〇三-三二三〇-五七二〇
販売　〇三-五二八一-三五五五

DTP　株式会社昭和ブライト
印刷所　凸版印刷株式会社
製本所　株式会社難波製本

ISBN 978-4-09-386258-5